AF368829

ANTOINE DE SAINT-EXUPÉRY EN LA GUERRA CIVIL ESPAÑOLA Y EN RUSIA

ExLibric

TOMÁS RAMÍREZ ORTIZ

ANTOINE DE SAINT-EXUPÉRY EN LA GUERRA CIVIL ESPAÑOLA Y EN RUSIA

Prólogo de Domingo Del Pino

EXLIBRIC

ANTEQUERA 2014

**ANTOINE DE SAINT-EXUPÉRY EN
LA GUERRA CIVIL ESPAÑOLA Y EN RUSIA**
© Traducción del francés por Tomás Ramírez Ortiz
© Prólogo: Domingo Del Pino
© Imagen de portada: Fotografía de un soldado republicano español, por
Robert Capa. Interpretada e ilustrada por: Alex Arizmendi Fernández.

Iª edición

© ExLibric, 2014.

Editado por: ExLibric
Avda. El Romeral, 2. Polígono Industrial de Antequera
29200 ANTEQUERA, Málaga
Teléfono: 952 70 60 04
Fax: 952 84 55 03
Correo electrónico: exlibric@exlibric.com
Internet: www.exlibric.com

ISBN: 978-84-19092-36-6
Depósito Legal: MA-228-2014

Nota de la editorial: ExLibric pertenece a Innovación y cualificación S. L.

TOMÁS RAMÍREZ ORTIZ

ANTOINE DE SAINT-EXUPÉRY EN LA GUERRA CIVIL ESPAÑOLA Y EN RUSIA

A Sanda, con cariño,
por su inestimable ayuda

Prólogo

Agradezco a mi buen amigo Tomás Ramírez que haya llamado Introducción a las páginas con las cuales presenta su obra sobre *Saint Exupery en la Guerra Civil Española y en Rusia*. Se lo agradezco, aunque me complica la tarea que me ha asignado de escribir un Prólogo para su libro que, a fin de cuentas, vendría a cumplir la misma función. Pero la solución es fácil porque haré lo que nuestro común amigo Emilio Sanz de Soto le recomendaba a Antonio Vázquez cuando éste se declaraba bloqueado: "Practica la escritura automática. Deja fluir las ideas que te vengan a la mente, y plásmalo en blanco y negro".

Tomás Ramírez, y el Saint Exupery periodista que ahora nos libra, constituyen un poderoso estímulo para dar vía libre a los recuerdos que se olvidan temporalmente pero nunca desparecen del trastero de vivencias, sensaciones y emociones, que la mente guarda para siempre. Como si de un guignol dormido se tratase todos los personajes, todos los hechos pasados, cobran vida de forma atropellada. Son muchos recuerdos compartidos, lecturas comentadas en común, apasionadas tertulias, paseos por las veredas del Monte tangerino, y muchos tés con yerbabuena en la Hafita, un lugar mágico suspendido entre Europa y África, donde las horas pasaban más despacio. Es, en suma, Tánger, nuestra juventud, *El Principito*, y otras muchas lecturas y vivencias que nos apasionaron en aquellos formidables años cincuenta de nuestra juventud.

Para ser exactos yo no leí *El Principito*, e imagino que Tomás tampoco. Nosotros leímos *Le Petit Prince* que salió de aquel horno de cultura tangerino llamado *Librairie des Colonnes,* regentado por las hermanas Geroffi. Supongo que Tomás reconoce, como lo hago yo, la deuda contraída en esos años con tan magnífica institución cultural en la cual aquellas dos cultas hermanas pusieron a la disposición de los tangerinos de entonces lo mejor que producía la literatura francesa o traducida al francés. Es una deuda, igualmente, con Emilio Sanz de Soto, quien despertó inquietudes entre todos los que le conocíamos, de la mejor manera que puede hacerse: proporcionándonos los instrumentos para pensar y decidir por nosotros mismos.

Me resulta curioso, ahora que lo he recordado, constatar que en aquellos años cincuenta la Cultura en Tánger se expresaba en francés. Leíamos en francés, con frecuencia hablábamos entre nosotros en francés, y veíamos en versión francesa el mejor cine de la época gracias al Cine Club puesto en marcha por Pepe Carleton y Emilio Sanz. Creo que Tomás leyó *Tierra de Hombres* y *Piloto de Línea* antes que *El Principito.* Venían incluidas en el paquete de obras recomendadas por Emilio, junto a otras de Kessel, Bernanos, Cocteau, Mansfield, Kafka, Moravia, Proust, y varios autores más. Gracias a Pepe y a Emilio vimos también el mejor cine de Bergmann, Resnais, Chabrol, Truffaut, Berlanga, y otros grandes directores, con diez o veinte años de anticipación a que pasaran en los cinematógrafos españoles.

Para ese grupo de españoles inquietos, como Tomás me ha llamado a mí, y como yo le llamo a él, la cultura francesa y europea en general dominaba nuestra vida intelectual de aquellos irrepetibles años cincuenta. En aquella década, todavía muy marcada entre la colonia española por los ecos y sacudidas de la Guerra Civil, hablar en francés, leer en francés, era como pasar de un mundo reprimido y cargado de prejuicios e interdictos a otro de libertad y de apertura de la mente a las ideas nuevas, a un anticipo de democracia. Mis años sesenta, pasados en Cuba, la década siguiente, a su vez, lo poblaron las lecturas de aquellos fenomenales autores del despertar de América Latina y las experiencias de aquella primera revolución que hablaba español. El mundo parecía que iba a cambiar; se liberaban las antiguas colonias africanas; los vietnamitas vencían al imperio más poderoso del mundo, y en el sur del Continente americano, había surgido una revolución contagiosa que bailaba la rumba y el cha cha cha.

En Cuba parecía que no había comisarios políticos grises, fríos, crueles, como los que ya se habían descubierto en la URSS. Los Comandantes de la revolución conducían "Chevys" y "Oldsmobiles" americanos, bebían mojitos, y por las noches bailaban en el cabaret Tropicana o besuqueaban a las chiquitas en el Turf de El Vedado. Macondo se disponía a dejar paso a La Habana al ritmo de guaguancó y de carnavales. Todos los grandes nombres de la literatura latinoamericana pasaban por La Habana, y las ediciones cubanas publicaban sus libros a precios irrisorios. Se estaba muy lejos de esa demostración de fuerza, de grisez, de represión, que Saint Exupery percibe en el estupendo artículo que recoge este libro acerca del primero de mayo pasado como enviado especial de Paris-Soir en un Moscú sobre el cual se cierne la sombra pesada, cruel, de Stalin, convertido ya en una especie de nuevo zar revolucionario.

Mi primera lectura de *El Principito*, allá en Tánger, me dejó desconcertado. Lo mismo me ocurrió, años más tarde, con La Vida perra de Juanita Narboni, de nuestro amigo Antonio Vázquez. ¿Qué es esto? me preguntaba en ambos casos y le preguntaba a Emilio Sanz en nuestras tertulias en casa de doña Elena Spencer, la Madame Staël de nuestro grupo de inquietos adolescentes. *Chef d'oeuvre, chef d'oeuvre*, respondía invariablemente un Emilio Sanz sin matices en sus apreciaciones, combinando esa expresión con otra de sus favoritas: *Un génie, c'est un génie*, un genio sin paliativos, porque entre la mediocridad y la genialidad en el vocabulario de Emilio no existía ninguna otra posición posible, ni ninguna palabra para expresarla.

Solo muchos años después me volví a encontrar con *El Principito* en libro y en disco, leído por algún gran artista del momento. Ya había sido traducido a más de doscientos idiomas y dialectos, y la UNESCO lo reseñaba como una de las tres obras más leídas de la literatura universal. Lo volví a leer y a escuchar pero no lo contemple de forma diferente hasta que tuve en mis manos el ensayo de Tomás Ramírez *En torno al Principito*.

Aproximación a una lectura simbólica, que va más allá del texto y se adentra en el terreno especulativo del pretexto.

El libro que ahora presenta Tomás viene a ser como el broche de oro a su dedicación a la obra de Saint Exupery. Recoge los artículos que el autor francés escribió en 1935 y 1938 sobre la URSS, y en 1936 y 1937 en dos viajes a España, a Barcelona y Madrid respectivamente. Al igual que *El Principito* estos artículos me han desconcertado. No tratan de hechos concretos, macabros o no, ni consignan la hostilidad visceral que provocan las guerras. Más que del drama de la guerra, esos artículos parecen detenerse en la lección moral que de ellas puede extraerse. Como toda guerra, la Guerra Civil Española fue un fracaso de la condición humana. Saint Exupery describe aquellos horrores con una gran elegancia y con una notable economía de palabras. "El silencio se ha callado, escribe desde Barcelona, una descarga, la vida se para un segundo para apuntar, y luego silencio. Todo continúa alrededor de los muertos". La misma capacidad de síntesis había desplegado en sus artículos sobre Rusia, a donde llegó a tiempo para el primero de mayo de 1935 cuando Moscú rendía homenaje a un Stalin en pleno apogeo. "El juez no se permite juzgar, cuenta Saint Exupery de los juicios políticos que tenían lugar: Si puede cura, pero como ante todo sirve a lo social, si no puede curar fusila".

Curioso también resulta que entre todos los grupos que llevaban adelante guerras paralelas dentro de la guerra española, Saint Exupery decidiese hacerse introducir en ella a través de los anarquistas catalanes, aunque por lo que sé de las guerras, y he seguido muchas como enviado especial, casi nunca existe nada de premeditado en esa elección: Todo depende del azar y del primero que está dispuesto a llevarnos al frente. En la Introducción de Tomás se menciona a Julio García Oliver como facilitador de los deseos de Sain Exupery. En la época en que el escritor francés visitó Barcelona, Julio era el tribuno más destacado de la Confederación Nacional del Trabajo, y quizá la personalidad más influyente en aquella convulsa Barcelona de 1936. Aún no había sido nombrado ministro, pero ya había recibido a una primera delegación de nacionalistas marroquíes que venían a ofrecer la posibilidad de levantar a las cábilas del Rif contra el Ejército Africano de España. Pedían a cambio el reconocimiento de la autonomía de Marruecos en la eventualidad de que triunfase la República.

Terrible época en la que como escribe Saint Exupery desde Barcelona, *En la guerra civil el enemigo es interior, se combate casi contra sí mismo. Esa es la razón por la cual, sin duda alguna, esta guerra toma una forma tan terrible: Se fusila más que se combate.* Cómo no ver en ello un cierto rasgo permanente de la personalidad española y no recordar lo que escribe otro catalán, José Miró, que combatió del lado de los Mambises contra el Ejército peninsular en la guerra hispano-cubano-norteamericana de 1895-1898, cuando es sus Memorias señala que le encantaban los combates que enfrentaban a españoles contra españoles, muy frecuentes en aquella guerra, porque entonces, dice Miró: "Se combate gallardamente hasta la aniquilación de unos de los dos bandos combatientes". En Barcelona, escribía Saint Exupery, *Los Comités se adjudican el derecho de depurar, al llamado de criterios que, aunque cambian varias*

veces, no dejan detrás de si más que muertes. Aquí se fusila
como se tala un bosque.

Me ha resultado paradójico constatar, en el texto introductorio, que los tres artículos que escribió sobre la guerra de España en su visita de agosto de 1937 sólo fueron publicados por el editor en julio de 1938. Y ello me incita a reflexionar sobre las emociones y su oportunidad, y me recuerda casos parecidos durante la guerra de Cuba de finales del siglo XIX. Los combatientes se enteraban de las peripecias de la política española y de los interminables debates parlamentarios que tanto les irritaban, con varios meses de retraso. Según su posición ante la guerra, se alegraban o irritaban por unas decisiones y unas controversias que sobre el terreno, en la Isla caribeña, sólo podían tener ya consecuencias doblemente malas porque diferidas, y porque los hechos que motivaron las sesudas reflexiones de sus Señorías ya habían sido sustituidos por otros distintos. En sentido inverso los parlamentarios españoles intentaban a veces buscar esos acuerdos siempre tan difíciles entre españoles a partir de acontecimientos que habían dejado de serlo en la Isla y sobre los cuales cualquier decisión retardada sería contraproducente.

Como la vida de otros muchos grandes hombres de la historia, la de Saint Exupery fue relativamente breve. Murió a los cuarenta y cuatro años de edad, en julio de 1944, en un vuelo de observación sobre la Europa aún en guerra. Vida breve pero plena de acción y reflexión, de pasión por la libertad, de amor al ser humano, a su individualidad, que en todo momento sitúa por delante del ser colectivo tan manipulado por las dictaduras de cualquier signo. La brevedad vital fue el destino de todos los héroes de mi infancia porque Mozart falleció a los treinta y un años dejando en herencia una obra que a cualquier otro le hubiera llevado tal vez un siglo; Modigliani murió a los treinta y seis, y Chopin a los treinta y nueve, en ambos casos con una obra realizada que vista retrospectivamente parece capaz de agotado cualquier capacidad creativa.

En Saint Exupery está quizá la respuesta a la pregunta que de manera insistente me ha venido al ánimo al constatar la obra relativamente extensa de Tomás Ramírez: ¿Qué es lo que mueve al ser humano a estirar el tiempo de esa manera para dejar constancia de su forma de contemplar la realidad, la vida? Probablemente nada de especial y puede que solo sea, cómo decían los revolucionarios franceses de siglo XVIII que lo que mueve a un revolucionario es solamente la revolución. Saint Exupery, al igual que a Tomás, a mí y a otros muchos, que podríamos considerarnos infectados por la preocupación moralista, es solamente la moral lo que parece motivarnos. Ni el hombre viejo, ni el hombre nuevo que tanto ha preocupado a los revolucionarios que rara vez intentan proponerse –y ser- ejemplo de esa novedad que predican. En realidad el hombre nuevo que buscaron todas las revoluciones no podía ser un hombre probeta sacado de la experimentación en laboratorios, por muy revolucionarios que estos fuesen. Quizá la solución es más sencilla y simple. Sólo se necesita que sean hombres movidos por sentimientos y actitudes que respondan a la condición que se les atribuye de humanos.

Obligado es constatar que estamos cada vez más lejos de ese ideal, que las guerras no han desaparecido ni han cambiado; sólo se ha perfeccionado la forma de matar; que se crece y se vive en un mundo hostil; que quienes tienen, como decía el Barón de Chamfort, más dinero que apetito son cada vez más numerosos que quienes tienen más apetito que dinero. En suma que releer a Saint Exupery y a las exégesis de Tomás Ramírez sobre su obra sigue siendo, además de útil, necesario.

Domingo del Pino Gutiérrez
en la Costa del Sol de la
Axarquía malagueña.

Índice

ESPAÑA ENSANGRENTADA.

BARCELONA, 1936

ESPAÑA ENSANGRENTADA.

MADRID, 1937-1938

MOSCÚ, 1938

Introducción

En Francia se han publicado una infinidad de libros sobre la biografía del eximio escritor Antoine de Saint-Exupéry, gracias al éxito sin parangón alguno que obtuvo a partir de la publicación de su pequeño gran libro *El Principito*, publicado en los Estados Unidos de América en 1943. Dicho libro es un cuento que ha hecho y hará las delicias de sus lectores, sean éstos niños o personas mayores. Esa obrita es, según la Unesco, la más leída en el mundo después de la Sagrada Biblia; en tercer lugar viene *El ingenioso hidalgo Don Quijote de la Mancha*, que está muy por encima de todas las demás novelas que se han editado a partir del siglo XVI.

El librito que tiene usted en sus manos amable lector tiene como único fin informarle sobre un asunto que reviste para nosotros, los españoles, un gran interés, pues el esclarecido autor lionés escribió en 1937, unos artículos para dos periódicos franceses que lo contrataron separadamente como corresponsal de la Guerra Civil de España de 1936. El primer viaje lo realizó en un avión pilotado por él y fletado por el diario *L'Intransigeant*; el segundo, enviado por *Paris-Soir*, no se dice cómo llegó a Madrid, supongo que también por vía aérea, pues la frontera con Francia estaba cerrada por entonces a causa del conflicto bélico que sufrió nuestra patria.

Quizá pocos españoles sepan que nuestro ínclito aviador Ignacio Hidalgo de Cisneros "ayudó a Saint-Exupéry a pasar la cordillera de los Andes", cuando la sociedad Lignes Aériennes Latécoère quiso abrir la ruta aérea: Buenos Aires, Mendoza y Santiago de Chile. Instalados ya en América del Sur, fundaron la Aeropostal... Los amigos y camaradas de Saint-Exupéry: Henri Guillaumet y Jean Mermoz, héroes también de la aviación francesa, continuarían después. Ambos también morirían en sendos accidentes aéreos que los precipitó, al Atlántico el segundo y al Mediterráneo el primero... Hidalgo de Cisneros sentía una afectuosa amistad por Saint-Exupéry, como lo confirma la siguiente frase dicha por aquel: "Habíamos simpatizado mucho, yo apreciaba su bondad y su cultura, nos deslumbraba"[1].

Saint-Exupéry amaba mucho a España, gracias a su amigo Guillaumet, que le enseñaba amorosamente la geografía y orografía de nuestra "Piel de Toro". Además de los viajes que hacía a menudo para ir a África del Norte, instalado en una barraca en Cabo Juby, en el desierto de Sáhara noroccidental.

España, menos dada a ensalzar a sus genios de la pluma, no da muchos lectores y, por ello, tampoco se lee a autores extranjeros traducidos o no. Por esa razón son pocos los que hayan leído toda la obra escrita de Saint-Exupéry, cosa que —quizá— sea un impedimento

---

1 Debo algunas notas muy interesantes, sobre Saint-Exupéry, a mi apreciado amigo, el tangerino, aviador y diplomático, Juan María López-Aguilar, hoy tristemente desaparecido. En Mauritania fue Presidente del Club Saint-Exupéry

para comprender la obra literaria que el escritor lionés nos ha legado. Por mi parte ofrezco al amable lector mis trabajos, producto de largas cavilaciones a que me obligaron sus libros. He procurado cumplir con el deseo del autor de *El Principito* que dice: "no me gusta que se lea mi libro a la ligera".

Todo lo que ha escrito nuestro ínclito autor con tanto amor, está cargado de tropos, de metáforas, que repite sin cesar tras algo que quiere sea retenido. Por ceñirme solamente a *El Principito* diré, que es un cuento filosófico que, al igual que las matrioskas, esas muñecas rusas que más allá de su apariencia contienen dentro de sí otra muñeca semejante y ésta a otra y la tercera a otra también, y así indefinidamente. Algo parecido es la caja que el aviador dibuja al Hombrecito cuando éste le pide un cordero... "que viva muchos años"; el aviador cansado de tanta exigencia le dice: "Esta es la caja, el cordero que tú quieres está dentro". A lo que el niño responde: "es así como yo lo quería...".

Así pues, más que un cuento, el libro es una alegoría que encierra personajes y hechos simbólicos que cada lector atento debe descubrir. Éste, podrá constatar que, en unas cuantas líneas, ha dejado patente su costumbre de emplear metáforas para designar lo que quiere decir en comparación con lo que relata: una rosa nueva en el jardín; la estrella del pastor; un insecto en el centro de su trampa de seda; un milán inexorable. Estos tropos puede que se les escapen a los lectores distraídos, razón por la cual ha de leerlos con suma atención. De ahí el interés de Saint-Exupéry para se le lea sosegadamente, sin prisas, y zambullirse en la lectura hasta penetrar en ella y que ella nos penetre. De ese modo es como los judíos suelen leer (entre dos) el Talmud. Antoine de Saint-Exupéry no era un escritor al uso en su tiempo. El primer vuelo que hizo en avión, fue invitado por Jules Védrines, (el pionero que voló desde Toulouse a Madrid), a dar un paseo en su aparato al adolescente *Roi Soleil* o *Pique la Lune*, por su naricita respingona, –como lo conocía su familia–. Quedó tan gratamente impresionado que apenas llegó a su casa todo él alborozado, no pudo reprimirse y plasmó en un papel las impresiones recibidas en forma del siguiente verso:

> *Las alas temblaban*
> *bajo el soplo de la tarde;*
> *el motor en su canto,*
> *acunaba el alma dormida;*
> *y el sol nos rozaba,*
> *con su pálido color.*

Así nació el poeta-aviador Antoine de Saint-Exupéry. Una vez confirmado piloto de aviación, dedicaba el tiempo de ocio que podía gozar, en escribir; y lo hizo porque su vocación literaria nació en él al descubrir, en su primer vuelo, sensaciones nunca antes experimentadas. Al principio escribía sobre la aviación, que era algo tan novedoso como extraordinario. En 1932 le concedieron el prestigioso premio literario *Fémina*, (ocasión que le brindó conocer para siempre el que sería su mejor amigo Léon Werth); pero debido a los ataques que recibía, pronto se quedaría sin saber qué hacer a pesar de su vocación literaria y del premio recibido. Por envidia fue atacado por muchos escritores. En su justo valor lo clasificó André Maurois –y no fue el único– que escribió sobre él las siguientes palabras:

*Demasiados escritores, desde hace veinte años, nos
han hablado de las flaquezas del hombre. He aquí
por fin uno que nos habla de su grandeza.*

Saint-Exupéry consideró la idea de abandonar la confección de un nuevo libro. Andaba mal de dinero y se interesó por el cine, sin éxito... No obstante se dejó convencer para dar a la prensa artículos con los que podría solucionar su más que escasa, catastrófica pecunia. La década de los años treinta fue muy dura para nuestro admirado escritor. Empezó a escribir artículos sobre la aviación en diversos periódicos y revistas. Le gustaba tanto escribir como pilotar; pero no llegaría a triunfar como buen piloto. Tuvo muchos accidentes de avión; algunos de ellos provocados por sus torpes desmaños.

Su primer trabajo *Piloto de línea* apareció publicado el día 26 de octubre de 1932, en el primer número de la revista semanal *Marianne*, creada por el que llegó a ser uno de los más grandes editores franceses, Gaston Gallimard[2]. Durante dos años escribe sobre la aviación y sus experiencias, contando sus aventuras en África y en América del Sur, que fueron publicadas por el susodicho semanario, considerado como "el de la elite intelectual francesa y extranjera".

En 1935, Saint-Exupéry sufrió, una vez más, grandes dificultades económicas. En la primavera de ese año, su amigo Hervé Mille le propuso ir a Polonia y a Rusia para que enviase reportajes al periódico *Paris-Soir*, aunque tenía un equipo de periodistas muy bien formados. La propuesta le gustó mucho tanto más cuanto que

---

2 A este editor, A. de Saint-Exupéry le concedería la exclusiva de publicar, en especial "El Principito" en lengua francesa

sentía gran curiosidad y mayor interés sobre el plano económico-social. Pronto se desencantaría al ver que la URSS concedía más predominio a la técnica que al pensamiento; su decepción se confirmaría durante su corta estancia en Moscú. Stalin se comportaba como un zar rojo. Lo único que le marcó dolorosamente fue el sufrimiento de los obreros polacos emigrantes que regresaban a su patria, debido a la crisis económica por la que atravesaba Francia desde 1930. (Algo muy parecido sucede hoy, 2013, en España). En esas fechas pasó un año entero en Argentina, con la misión de abrir una línea aérea hacia al sur; vuelve a Francia y atraviesa de nuevo por dificultades de dinero.

A partir del año 1935, publica en diversos soportes mediáticos; en la revista *Air France, Le Minotaure, L'Intransigeant* y *Paris-Soir.*

Cuando participaba en una expedición aérea, en la que quería batir el record del tiempo entre París-Saigón, el viaje quebrantado por una avería, le obligó a un aterrizaje forzoso en el que hubieran perdido la vida, él y su mecánico Prévot, si no los socorriera un grupo de nómadas saharianos... En enero de 1936, da, en exclusiva, a *L'Intrasigeant* que publica, bajo el título *Vol brisé, Prison de sable* (Vuelo quebrantado, Prisión de arena) contando sus vicisitudes, el relato —en primera página— del accidente aéreo que le ocurrió en el desierto de Libia, que retiene el aliento de los lectores (Luc Estang). A raíz del citado accidente, quiere dar término a su libro *Terre des hommes (Tierra de los hombres).*

En 1936, en el mes de agosto, Saint-Exupéry fue, también como enviado especial, de *L'Intransigeant,* a Barcelona, donde tomaría notas para varios artículos sobre los acontecimientos luctuosos a raíz de la Guerra Civil de España. Todos iban bajo el título general de *España ensangrentada*. Dichos artículos no serían publicados hasta su regreso a París, los días 27 y 28 de junio y el 3 de julio de 1937, debido a su imposible posibilidad de dictarlos por teléfono o enviarlos por cualquier otro medio.

A finales de 1936, consagra varios artículos a la memoria de su camarada Jean Mermoz, desaparecido en el Atlántico sur, a bordo del hidroavión *Croix du Sud* (nombre tomado de la constelación del hemisferio sur, situada entre el Navío y el Centauro, y que servía de guía o referencia a los pilotos –de avión y barco– europeos que la verían por vez primera).

En 1937, en el mes de junio, Saint-Exupéry viaja de nuevo a España, esta vez a Madrid contratado por el periódico *Paris-Soir*, como enviado especial. Con este rotativo firmó un contrato para diez artículos, de los que sólo se publicarían tres bajo el título *La paz en la guerra*. (No tengo noticias de las razones de tal incumplimiento). En Madrid, se encuentra con Henri Jeanson, enviado del periódico *Le canard enchainé*, que les organiza el transporte hacia el frente de Carabanchel.

Ambos informaban al mundo sobre el terrible drama que penó nuestro pueblo a raíz del golpe de Estado de aquellos que helaron el corazón de media España. Saint-Exupéry visitó, tanto en Barcelona como en Madrid, los campos de batalla en el frente republicano y –quizá– por esa razón no le interesaría el debate político, debido a que solamente contactó con los guerrilleros anarquistas y no con gentes más moderadas y menos radicales.

De modo y manera que sus relatos como reportero de guerra, están motivados más por las sensaciones que recibió en vivo y en directo. Por vez primera conoce a una humanidad transformada en masa. Quedó asombrado por la "lógica militar" que sacrifica a los hombres sin razón. Le llama poderosamente la atención el "heroísmo" –que él detesta–, en los hombres que encuentran su profunda naturaleza confrontada a los peligros de la muerte.

Parece como si le doliera la humanidad, y en ella cada individuo, se conduele por el poco progreso que han hecho los hombres, marcados por el afán de poseer bienes materiales; por imponer, los fuertes, sus ideas...

A su regreso a Francia le publican tres artículos. El del 26 de junio de 1937 está ilustrado con una fotografía de Robert Capa *Muerte de un miliciano republicano*[3], símbolo de la Guerra Civil de España.

Otros tres artículos titulados *¿La Paz o la Guerra?* aparecen en el mes de octubre de 1938. En toda la obra escrita de Saint-Exupéry hallamos una idea repetida constantemente: **construir al hombre.**

Le indigna la falta de valores espirituales, el egoísmo, la carencia de fraternidad, defectos todos que van adquiriendo la gran mayoría de personas en el transcurso de sus

---

3 Robert Capa es el pseudónimo de Endre Erno Friedmann, excelente fotógrafo, de una familia judía húngara, adinerada. La foto no es una instantánea tomada en el frente de guerra de Cerro Muriano, sino un retrato hecho en un estudio fotográfico, al parecer realizado por, su novia, Gerda Taro, también judía y no menos afamada fotógrafa. Parece ser, que ésta murió atropellada por un carro de combate; cuyo conductor no pudo evitarla, en Espejo (Córdoba) (notable por sus minas de sal), el día cinco de septiembre de 1936. (Dicha señora podría ser comparada con Zenobia Camprubí, traductora, bilingüe, de las obras de Rabindranath Tagore, que tanto inspiró al poeta onubense. Era esposa –y la "negra"– de Juan Ramón Jiménez. A primeros de 2013 se podría celebrar el centenario de su nacimiento. El soldado era un anarquista llamado Federico García Borrell, al parecer muerto poco tiempo después, que es la figura en la portada de este libro. Robert Capa murió en 1954 al pisar una mina en la guerra de Indochina. (Nota del traductor).

vidas, viendo, desde la niñez, iniquidades y perversiones, que modelarán su ser.

Ese será su verdadero *curriculum vitæ*. Sólo grandes esfuerzos y sacrificios morales podrán hacerles rectificar.

Poca gente es consciente de que lo que prevalece en el hombre son su comportamiento y su actitud frente a su prójimo.

La vida del hombre está plagada de avatares no siempre fastos. La felicidad es un concepto tan raro como efímero, acorde con el entorno ecológico. Esas circunstancias son las que nos moldean. Para nuestra gran desgracia, los humanos —al igual que los demás seres vivientes— formamos parte integrante de la cadena trófica. Las necesidades de uno se satisfacen en detrimento de los demás.

Saint-Exupéry no confiaba para nada en los dirigentes de las potencias que dominaban el mundo de entreguerras.

De nada serviría la nefasta experiencia de la Primera Guerra Mundial, puesto que veinticinco años después volverían todas las Potencias a tropezar en la misma piedra negra.

Nuestro admirado poeta-aviador desconfiaba de la reunión en Munich los días 29 y 30 de septiembre de 1938, entre Daladier por Francia, Chamberlain por el Reino Unido, y Hitler y Mussolini por Alemania e Italia, respectivamente.

Ya por entonces presiente el futuro desastre que va a convertir al mundo en "una nube de cenizas". Las Potencias mundiales se desentendieron de la Guerra Civil española. Aquellos que contactaron con los gobiernos de España, lo hacían por interés puramente económico más que político. Los unos por venderles carburantes y material bélico, los otros por aviones y soldados y los rusos por cambiar aviones y armamentos por oro. (El tan traído y llevado "oro de Moscú"). Desafortunadamente su presentimiento se convertiría en dura y lastimosa realidad. La II Guerra Mundial no tardaría en estallar. Cuando esto ocurrió, probablemente aconsejado por su amigo Léon Werth, judío y comunista, Antoine de Saint-Exupéry se marchó a los Estados Unidos de Norteamérica. Allí se encontraría con avatares más insospechados. En Nueva York se decide en dar forma definitiva a uno de los libros más importantes y famosos de la Historia; *El Principito*[4].

En los artículos que Saint-Exupéry publicó en la prensa francesa, que he traducido y tiene usted en sus manos, se confirma el afán del poeta-aviador lionés, por depurar los textos sembrándolos de metáforas, que son como guiños que hace al lector para hacerle ver que no le interesan las motivaciones de la guerra, de las guerras, por considerarlas como una enfermedad endémica de la raza humana. El resto de su obra escrita, rezuma amor por el ser humano que ha rodeado su alma con una espesa ganga al modo que las piedras preciosas cuando quedaron dormidas en el seno de la tierra.

Al igual que los grandes iniciados, Saint-Exupéry se preocupa y ocupa por el Hombre, el hombre que está a medio construir, el hombre que tiene a su alma prisionera de un cuerpo en perpetua mutación degenerativa hereditaria, destinado, como todo lo viviente, a desaparecer.

---

4 De este archifamoso cuento trata mi libro *Los símbolos en El Principito*.

Yo no sé si se puede hablar de memoria genética (como la hay olfativa, visual o auditiva y aún colectiva...).

Quizá en Saint-Exupéry prevalezca la memoria atávica del pueblo judío, de donde sus ancestros, a mi entender, proceden. Lo delata su horror a la guerra, a sus horrores, al odio que genera. Su entrañable y único amigo verdadero, Léon Werth, había escrito un libro sobre los *poilus*: (vellosos)[5], en el que detalla con crudeza los espeluznantes comportamientos de los contendientes, a los que conoció por haber participado en la Primera Gran Guerra. Ese *cainismo* lo hemos heredado desde hace milenios, con su carga de envidia, de criminalidad y rencor. Esos y el resto de los pecados capitales son los que motivan las guerras, fratricidas o de conquista. Pero lo que más le dolía en el alma eran las matanzas entre hombres. Saint-Exupéry no era un hombre religioso, *sensu stricto*, pero respetaba mucho la religión, fenómeno que únicamente se da en el ser humano. Y lo que más le marcaría en la Sagrada Biblia (que empezaría a leer a sus diecisiete años, según confía a su madre) era el precepto de obligado cumplimiento: *¡No matarás!* (De: 5; 17). No era ateo, pero tampoco practicante de algún credo. Luc Estang dice, con acierto, que es "un cristiano sin cristo". Odiaba la guerra y menospreciaba a los héroes, que jugaban inútilmente con la vida.

Detestaba a los hombres que mataban como si nada, así como así. Por eso no tomaba partido por nadie, aunque no era apolítico.

---

5 Sobrenombre dado por los franceses a sus compatriotas que lucharon en la Primera Guerra Mundial, 1914-1918. Por extensión hombre fuerte y bravo. (nota del traductor).

En la sensibilidad y pureza de alma que emanaba de su cuerpo grandullón (medía 1,84 m de altura); tenía una voz dulce y suave, que cautivaba a cualquier interlocutor; era un poeta inquieto (llegó a concebir un avión a reacción antes de haberlo visto). Los que lo trataron han dejado dicho que siempre llevaba en las manos algún objeto con el que solía hacer juegos de prestidigitación, con los que sorprendía a sus amigos. En sus artículos aparecidos en los periódicos franceses, a su regreso a Francia, lo que menos le preocupó fue la guerra en sí y lo que más el comportamiento de los hombres que la practican.

Con toda probabilidad, en Madrid, visitaría el Museo del Prado y allí contemplaría en la pintura negra de Goya, el cuadro que representa a dos hombres, metidos hasta la rodilla en el barro, apaleándose sin piedad.

Si, durante la Segunda Guerra Mundial, Saint-Exupéry solicitó un puesto de piloto en el Ejército del Aire aliado, no le motivó otra cosa que el afán de ayudar contra la invasión nazi de su patria y del conflicto mundial que se armó con la ayuda de Italia y Japón. Pero no pilotaba aviones de caza, sino de reconocimiento. Nunca dispararía un arma; la suya era una cámara fotográfica con la que tomaba instantáneas de la situación geográfica de las fuerzas enemigas en los territorios en guerra con el fin de instruir a sus mandos. En uno de esos vuelos perdió la vida.

Era costumbre en Saint-Exupéry escribir letra a letra, como si su musa le dictara. Debió hacerlo con cierta rapidez; era letra menuda, con caracteres finos, de los llamados "pata de mosca". Corregía muy a menudo sus textos, subsanando, rectificando, depurándolos al máximo. A veces los reducía a más del cincuenta por ciento; le gustaba perfeccionarlos. Alguien lo llamó: "maestro del rodrigón y de la poda", por su afán de despojar lo que él llamaba "la ganga", repito. Sintetizaba al máximo sus pensamientos y los solía acompañar de algún tropo para subrayar lo dicho. Siempre mostraba "una preocupación minuciosa de la escritura, el gusto por la sobriedad, la musicalidad de la frase, el equilibrio de los elementos... suprimir una lindeza, es sacrificar las complacencias adolescentes para fundirse en escritor adulto". (P. Bounin, *dixit*). Sus textos están atiborrados de metáforas, incluyendo los artículos de prensa, como podremos apreciar en los transcritos más adelante... Su cuento *El Principito* no escaparía a la poda (a mediados del año 2012, se han hallado dos páginas manuscritas, en papel de seda, sobre el cuento, que no fue incluido en él, quizá por la razón que expongo más arriba. Sea como fuere, fueron vendidos en subasta pública y rematados a unos cincuenta mil euros).

El Principito es algo más que un cuento. Es una alegoría pletórica de símbolos (cosa que gustaba sobremanera a Antoine de Saint-Exupéry y que él mismo ha dicho). A mí se me antoja como la caja que el aviador dibujó al principito cuando éste insistentemente le pidió que le dibujara "un cordero". Emilio González Ferrín dice que "*El Principito* es un libro trampa que algún adulto lograría explicarme algún día".

El Principito, como alegoría, se me antoja que es, reitero, como las muñecas rusas, de las que sólo vemos una. Esa muñeca es también como una metáfora de lo que las cosas guardan en su interior... Así es el ser humano, que guarda en su interior al niño cándido dormido que todos llevamos dentro, y basta conque lo despertemos y le ayudemos a que se construya para que la humanidad tenga otra actitud ante la vida.

Toda la obra escrita de Saint-Exupéry es como el paradigma de sus más íntimos pensamientos. Así nos obliga a introducirnos en sus textos para llegar al meollo del asunto que trata. Así es como el lector atento puede llegar al fondo del pensamiento y de la intención del autor. Y los artículos que entrega a los periódicos no difieren del resto de su obra. Saint-Exupéry sabía de antemano y era consciente que no serían del gusto de los lectores de periódicos, deseosos de hallar en ellos truculentos relatos descarnados sobre los sangrientos crímenes que se producen en las guerras. Solamente le animaba el deseo de dejar constancia de lo absurdas que son las guerras en las que los beligerantes toman actitudes tan crueles como las de los carnívoros depredadores; sobre ese deseo despiadado y vehemente de matar con algún absurdo pretexto. Cuando él lo constató vio con dolor que en la guerra de España, se mata "como quien tala un bosque...". Su pretexto de establecer un nuevo modo de vida, cuando en realidad lo que hay que hacer es "construir al hombre", haciéndole encontrar en él mismo los valores que deberían caracterizarlo positivamente, con amor al prójimo en lugar de odio y venganza.

Uno no sabe por qué última razón el gran depredador que es el hombre se comporta casi del mismo modo desde hace casi dos millones de años. En el Paleolítico, el hombre que no era ni ángel ni bestia, inventó el modo de alargar el brazo al atar una piedra a un palo con el fin de poder matar a un animal peligroso para él sin tener necesidad de acercarse demasiado... De ese modo surgen las primeras armas, armas que utilizaría –y utiliza– para matar también a sus semejantes (las armas actuales sólo difieren de las prehistóricas en su avanzada tecnología, pero todas son utilizadas con el mismo fin: ¡matar!).

Así, Saint-Exupéry ve la guerra, como un fenómeno atroz que se repite inexorablemente a través del espacio y del tiempo. Siempre es la misma en sus causas y en sus desarrollos; son todas idénticas. Y eso es lo que le aterraba cuando oía el estruendo de los cañones, el silbido de las balas, la destrucción que causaban las bombas en su destino final: la carnicería de los cuerpos humanos destrozados de niños, de jóvenes promesas, de ancianos de todo género y condición con las consecuencias de desolación y sufrimientos. Contrariamente a lo que se dice, la estrategia militar no es un arte; es la acción de las fuerzas militares, políticas, económicas e inmorales que conducen a la exterminación del otro, del prójimo. Y eso, todo eso es lo que aborrece Saint-Exupéry. Y por eso también sus artículos tienen un sabor y un valor bien distinto a los reportajes que solamente muestran los horrores de los que son considerados como enemigos, aunque sean hermanos... Según sea el lector, su filiación o identidad política, se inclinará por un bando u otro y así justifica lo que el suyo hace. Se alegra o se indigna según el derrotero que tome la guerra, y sus víctimas serán para él aguerridos patriotas o miserables enemigos de la patria. La victoria de unos hace la derrota de los otros. Y así nos va... Decididamente lo que Saint-Exupéry quiere lo muestra en sus artículos. Prefiere hablarnos de la condición humana de los contendientes y llega a la conclusión de que la guerra es una locura generalizada, un terrible holocausto humano, un sacrificio inútil que sólo traerá dolor y muerte, destrucción, miseria y carencias. Y a tal propósito nos dice también:

[...] el último hombre que quede vivo se cree vencedor cuando en realidad propagará y sembrará la misma simiente de egoísmo, de odio, de envidia, de codicia cuyo fruto será, en sus descendientes otra guerra, más desolación, más aislamiento entre los hombres a medio construir, cuando debería ser lo contrario: tender la mano y abrir los brazos al otro. La victoria será de quien se pudra el último. (T.H.).

El hombre ha de romper la cadena que le aprisiona, debe liberarse de esa cadena. El hombre no nace bueno ni malo. Simplemente es el producto de su entorno ecológico y familiar; social. El niño, como el paisaje, es fruto de la educación y de las costumbres que observa o es víctima de ellas. El paisaje existe porque el hombre lo hace; las cosas están ahí pero sin más, el hombre es quien lo construye, y es bueno o malo según su comportamiento. Y allí donde no hay sino vacío y sequedad nada bueno puede darse...

Volviendo a su juventud, hasta bien entrados los años veinte del mismo siglo, Saint-Exupéry estaba acostumbrado a llevar una vida sin preocupaciones gracias a las continuas ayudas económicas de su madre. Pero todo se acaba...Al término de esa época, Saint-Exupéry sufre toda clase de vaivenes; su pecunia se resintió al tiempo que sus fracasos por obtener un puesto fijo como aviador. Esas experiencias negativas serían muy dolorosas para él; lo marcarían profundamente. Consiguió ser piloto del ejército pero no triunfó a su gusto. Llegó a trabajar como auxiliar administrativo-contable en una fábrica de cerámica, fue vendedor de camiones (de los que no pudo vender ni uno)... Su fracaso amoroso también lo marcó intensamente... No solía quejarse a nadie; su moral estaba muy baja. El estado depresivo lo condujo, a veces, hasta derrelinquir, al abandono de sí y a la soledad moral más completa. (Recuérdese que en *El Principito* lo expresa de este modo: "Así, he vivido solo sin nadie con quien hablar verdaderamente". Y cuando el hombrecito sintió sed le pide al aviador buscar un pozo en la inmensidad del desierto. Ante la respuesta de la imposibilidad de hallar uno, el niño le dijo: "Siempre creo que estoy en mi casa." (P.P)

Cuando después de su grave accidente de aviación en el desierto de Libia, Saint-Exupéry consiguió que lo enviasen al Sáhara para crear una sucursal de la compañía aérea que lo contrató, se quedó en aquellas soledades durante un año, tiempo que le serviría para pergeñar *Terre des hommes* y plasmar sus inquietudes poético-filosóficas que se hallan con todo detalle reflejadas en su última obra (inconclusa) *Citadelle*.

Esta nota es una síntesis de la ajetreada, dolorosa y corta vida de Antoine de Saint-Exupéry, un hombre con "inquietud espiritual que no solamente quiere ser amado sino que desea recibir lazos de afectos de un conjunto cultural y en él liberar sus riquezas... todo ello requiere una disciplina salutífera". (M. Quesnel)[6].

Segunda visita de Antoine de Saint-Exupéry a España en guerra, en el año 1937. Tenía compromiso con el periódico *L'Intransigeant* para unos diez reportajes, pero solamente envió tres, quizá por falta de motiva-

---

6 In "Saint-Exupery visto por sí mismo" de Luc. Estang. Edit Novelas y cuentos. Madrid 1971. (Nota del Fraductor).

ción, cosa que no gustó nada al director de ese rotativo Hervé Mille. Saint-Exupéry se marchó a los Estados Unidos de América. Desde Nueva York quiso abrir una ruta aérea hasta el fin del Cono Sur. Pero sufrió un gravísimo accidente. Apenas repuesto regresó a Francia. Se encuentra de nuevo con serias dificultades económicas. Visita a Hervé Mille al que con insistencia le pide que lo envíe de nuevo a Madrid para otros reportajes. Pero le fue denegado por no haber cumplido con su anterior compromiso con el diario.

Finalmente obtiene satisfacción y regresa a España, por tercera vez, desde donde redacta por teléfono una serie de artículos en octubre y noviembre de 1938, bajo el título genérico de *La Paz o la Guerra*.

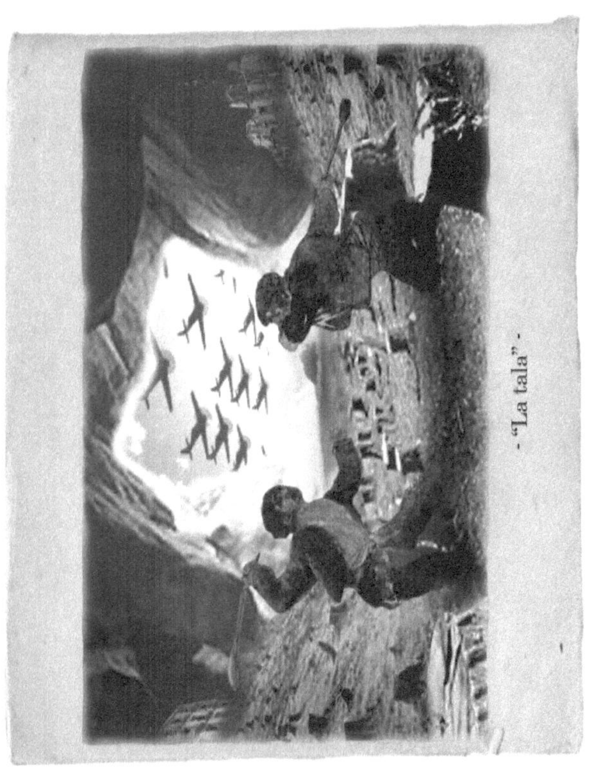

- "La tala" -

ESPAÑA ENSANGRENTADA. BARCELONA, 1936

La invisible frontera de la Guerra Civil

Aquí se mata

Después de Lyon, he oblicuado a la izquierda hacia los Pirineos y España. Ahora sobrevuelo nubes bien limpias, nubes de verano para aficionados donde se abren grandes agujeros parecidos a tragaluces. Así apercibo Perpiñán al fondo de un pozo.

Estoy solo a bordo, y sueño, y me inclino sobre Perpiñán. He vivido aquí algunos meses. Por entonces probaba hidroaviones en Saint-Laurent de la Salaque. Acabado mi trabajo, regresaba al corazón de esta pequeña ciudad eternamente dominical. Una plaza grande, un café-cantante y el oporto de la tarde. Y, desde mi butaca de mimbre, asistía a la vida provinciana. Me parecía un juego tan inofensivo como un desfile de soldaditos de plomo. Esas jovencitas cortésmente pintadas, esos ociosos transeúntes, ese cielo puro...

He aquí los Pirineos. He dejado detrás de mí la última ciudad dichosa.

He aquí España y Figueras. Aquí se mata. ¡Ah!, lo más extraño no es que se descubra el incendio y la ruina y los signos de la angustia de los hombres, sino que no se descubre nada parecido. Esta ciudad se parece a la otra. Yo me inclino atento: nada ha indicado ese montón de grava blanca; esa iglesia que yo sé quemada brilla al sol. No distingo heridas irreparables. Ya se ha disipado el pálido humo que se ha llevado los dorados, que ha fundido en el azul del cielo enmaderado, sus libros de plegarias y sus tesoros sacerdotales. No se ha alterado ninguna raya. Sí, esta ciudad se parece a la otra, sentada en el corazón de sus rutas en abanico, como el insecto en el centro de su trampa de seda[7]. Como en las otras ciudades ésta se nutre de los frutos de la pradera que suben hacia ella a lo largo de carreteras blancas. Y no descubro más que la imagen de esta lenta digestión, que, durante siglos, ha marcado el suelo, cazado los bosques, dividido los campos, extendido canales nutricios. Esta cara ya no cambiará apenas. Ya todo es viejo. Y me pregunto si una colonia de abejas, su colmena ya edificada, en el seno de una hectárea de flores, conocerá la paz. Pero la paz no ha sido acordada a las colonias de hombres.

Por lo tanto, el drama hay que buscarlo para descubrirlo. Porque no se juega lo más a menudo en el mundo visible, sino en la consciencia de los hombres. En

---

7 Alusión al insecto que cae en la telaraña. (Nota del traductor).

el mismo Perpiñán, ciudad dichosa, un canceroso, detrás de su ventana de hospital, se gira y vuelve a girar en vano para escapar a su dolor como a un milano[8] inexorable. Y a causa de ello, la paz de la ciudad se alteró. Es el milagro de la especie humana, que no sea ni dolor ni pasión y que ello no constituye una importancia universal. Un hombre en su granero, si tiene un fuerte deseo, desde su granero comunica el fuego al mundo.

He aquí al fin Gerona y luego Barcelona. Yo me dejo deslizar suavemente desde lo alto de mi observatorio (el avión). Y aquí tampoco veo nada, sino avenidas desiertas. Las iglesias, aunque estén desvastadas, me parecen intactas. Adivino en alguna parte una humareda, apenas visible. ¿Eran esos los signos que yo buscaba? ¿Era testimonio de esa cólera que ha hecho tan pocos estragos, tan poco ruido, y que, sin embargo lo ha desvastado todo?

Porque una civilización entra toda ella en ese ligero dorado que un soplo se lleva.

¿Son de buena fe los que dicen: "dónde está el terror en Barcelona? Además de veinte edificios quemados ¿dónde está esa ciudad hecha cenizas? Aparte de algunos centenares de muertos entre un millón de habitantes ¿dónde están esas hecatombes?... ¿Dónde esa frontera sangrienta, por encima de la cual se tirotea?...".

Y, en efecto, yo he visto multitud de gentes apacibles en la Rambla, y tropezaba a veces con barreras de milicianos armados, a menudo era suficiente para

---

8 Ave rapaz cruel y sanguinaria que espera atrapar a la víctima de su pitanza diaria. (Nota del traductor).

franquearlas una sonrisa. Yo nunca he encontrado de repente la frontera. La frontera, en la Guerra Civil, se hace invisible y pasa por el corazón del hombre...

Sin embargo, desde la primera tarde, la he tocado...

Me instalaba en la terraza de un café, entre bebedores bonachones, cuando de repente, cuatro hombres armados se pararon frente a nosotros y, mirando atentamente a mi vecino, dirigieron, sin hablar sus cañones hacia su vientre. El hombre, de pronto chorreando de sudor, se levantó, de pie, y alzó lentamente los brazos, brazos de plomo. Habiéndolo registrado, uno de los milicianos, ojeó algunos papeles, y luego le hizo una señal de marchar. Y el hombre dejó su vaso medio vacío, el último vaso de su vida, y se puso en marcha. Con sus dos manos puestas por encima de la cabeza se asemejaba a un hombre que se ahoga. "Fascista", murmuró una mujer entre dientes, detrás de mí, y ese fue el único testigo que osó mostrar que había advertido algo. Y el vaso del hombre se quedó allí como testigo de una confianza insensata en la casualidad, en la indulgencia, en la vida...

Y yo lo veía alejarse, con los riñones rodeados por escopetas, ese por el cual, a dos pasos de mí, cinco minutos antes, pasaba la frontera invisible.

Costumbres de los anarquistas y escenas de calle en Barcelona

Tuvimos que fusilarlo

Un amigo acaba de contarme este recuerdo: callejeaba la víspera a lo largo de una calle vacía cuando un miliciano le grita: "Camine por la calzada".

El amigo, distraído, no obedece. Entonces el miliciano se lleva el fusil al hombro, le tira, y falla. Pero la bala atravesó el sombrero. Y el paseante, llamado al respeto de las armas, deja la acera y toma la calzada.

El miliciano, que acaba de cargar una segunda bala, duda. Y, luego, bajando el fusil, le lanza con un tono huraño:

—¿Está usted sordo?

Y ese tono de reproche aquí me parece admirable...

Porque los anarquistas ocupan la ciudad. Agrupados por paquetes de cinco o seis en las esquinas de las calles, en facción delante de los hoteles o lanzados a través de la ciudad a cien por hora en los Hispano-Suiza requisados.

Desde la primera mañana del alzamiento militar están solos, encargados de las cureñas apoyadas por ametralladoras. Habían quitado los cañones. Una vez conseguida la victoria las existencias de armas y municiones son recluidas en los cuarteles, y luego transformaron la ciudad en fortín. Disponen de agua, de gas, de electricidad, de transportes. Y los veo durante el paseo matinal, ocupados en perfeccionar sus barricadas. Se ven frágiles murallas de adoquines, se ven barricadas modélicas con doble cerco. Echo una mirada por encima de un muro. Están ahí. Han trasladado los muebles de la casa de al lado y se preparan para la Guerra Civil arrellanados en butacones rojos de consejo de administración... Los de mi hotel están todos ocupados. Trepan y se tragan las escaleras. Y yo me informo:

—¿Qué pasa?

—Estamos estudiando la estrategia de los lugares...

—¿Por qué?

—Instalamos una ametralladora en el tejado.

—¿Por qué?

Alzamiento de hombros.

Cierto ruido ha recorrido esta mañana la ciudad: el gobierno haría, me dicen, una tentativa para desarmar a los anarquistas...

Yo creo que renunciará a sus proyectos.

Ayer tomé algunas fotografías de nuestra guarnición —cada hotel ampara la suya— y busco a un hombretón moreno para entregarle su fotografía.

—Tengo su foto, ¿dónde está?

Se rascan, se frotan la frente y luego me confían con pesar:

—Tuvimos que fusilarlo... Había denunciado a un hombre por fascista... Tuvimos que fusilar al fascista... Y esta mañana nos enteramos que no se trataba de un fascista, sino de un rival...

Tienen el sentido de la justicia.

Es la una de la madrugada y en la Rambla me gritan:

—¡Alto!

Veo surgir en la sombra carabinas.

—Prohibido avanzar.

—¿Por qué?

Examinan mis papeles al tenue fulgor de una farola, y me los devuelven:

Puede usted pasar, pero tenga cuidado, tal vez van a tirar por aquí...

¿Qué pasa?

No me contestan.

Un convoy de cañones rueda lentamente por los adoquines.

—¿Dónde van?

—Es una columna que va a embarcarse para el frente.

Me gustaría asistir a ese embarque nocturno. Trato de seducir a los anarquistas:

—La estación está lejos, llueve, si me pudieran prestar un coche...

Uno de ellos, obedeciendo a un gesto, se aleja. Vuelve al volante de un Delage requisado.

—Vamos a conducirle...

Ahora rodamos hacia la estación bajo la protección de tres carabinas.

¡Qué curiosa raza de hombres! No los he comprendido aún. Mañana los haré hablar e iré a ver a su gran tribuno, García Oliver[9].

9 José Oliver, anarquista español que llegó a ser Ministro de Justicia durante la Guerra Civil de España (Carnés V).

Una guerra civil, nunca es una guerra, sino una enfermedad

Ya no hay más comunistas

Mis guías anarquistas me acompañaron. He aquí la estación de embarque de las tropas. Es necesario que nos reunamos allí, lejos de los muelles construidos para los adioses tiernos, un desierto de agujas y señales. Nosotros titubeamos, bajo la lluvia, en el laberinto de las vías de las cocheras. Bordeamos convoyes olvidados de vagones negros, donde los toldos, color de hollín, abrigan formas rígidas. Estoy impresionado por esta decoración que ha perdido toda calidez humana. Los decorados de hierro son inhabitables. Un navío parece vivo, si el hombre con sus pinceles y sus aceites, no cesa de untarlos de falsa luz. Pero, después de quince días de abandono, el navío, la fábrica, la vía férrea se apagan y toman un aspecto de muerte. Las piedras de un templo, después de seis mil años, están brillantes debido al paso del hombre, pero un poco de herrumbre, una noche de lluvia, y este paisaje de estación se me antoja raído.

He aquí a nuestros hombres. Cargan sus cañones y sus metralletas en las plataformas. Luchan con sus riñones, con ¡ayes! sordos, contra esos insectos monstruosos[10], esos insectos sin carne, esos paquetes de caparazones y de vértebras. Estoy sorprendido por el silencio. Ni un solo canto, ni un grito, ninguna voz de hombre.

A veces, cuando una cureña cae, una pared de acero suena vacía. Y no oigo ninguna voz de hombre.

Ningún informe. Estos hombres se dejarían matar con sus uniformes de trabajo. Vestidos negros, almidonados de barro. La columna, afanada en torno a la chatarra, se asemeja a un pueblo de asilo nocturno.

Y yo experimento un malestar que creo que ya vuelvo a sentir, como en Dakar, hace diez años, cuando la fiebre amarilla nos asediaba...

El jefe del destacamento me habla bajito, y acaba:

—Y nosotros subimos hacia Zaragoza...

—¿Por qué me habla tan bajo?

Aquí reina una atmósfera de hospital. Sí lo he sentido muy bien... Una Guerra Civil, no es una guerra, sino una enfermedad...

Esos hombres no suben al asalto sin la embriaguez de la conquista, sino que luchan en sordina, contra un contagio. Y en el campo de enfrente, sucede tal vez lo mismo. En esta lucha no se trata de cazar a un enemigo fuera del territorio sino más bien de curar un mal. Una

____

10 Tropo significando carros de guerra, como bichos malignos. (Nota del traductor).

nueva fe se parece a la peste, ataca por el interior. Se propaga en lo invisible. Y los de un partido, en la calle, se sienten rodeados de apestados que no saben reconocer.

He aquí por qué esos se marchan en silencio, con sus instrumentos de asfixia. No se parecen en nada a esos regimientos de guerras nacionales, dispuestos en un damero de praderas y maniobrados por los estrategas. En una ciudad en desorden, se han reunido bien que mal unos y otros. Barcelona, Zaragoza, casi la misma cosa, están compuestas con la misma mezcla: comunistas, anarquistas, fascistas... Y aquellos que se aglutinan difieren quizá más los unos de los otros que de sus adversarios. En la guerra civil, el enemigo es interior, se combate casi contra sí mismo. Esa es la razón por lo que, sin duda alguna, esta guerra toma una forma tan terrible: Se fusila más que se combate.

Aquí la muerte es el lazareto de aislamiento[11].

Los anarquistas hacen visitas domiciliarias y cargan a los contagiosos muertos en carretas...

Al otro lado de la barrera Franco pudo pronunciar esta frase atroz: "¡Ya no hay más comunistas!". La selección había sido hecha por un consejo de revisión: por un teniente coronel...

Un hombre, que creía tener un rol social se presentó con su fe, con los ojos febriles...

–Exento del servicio para siempre.

---

11 Establecimiento aislado en una rada, donde guardaban la cuarentena la tripulación y los pasajeros de un barco proveniente de países infectados de enfermedades contagiosas. (Nota del traductor).

Bajo la cal, o bajo el petróleo se quema a los muertos en los campos de estiércol. Ningún respeto por el hombre. En cada partido se ha acosado, como una enfermedad, los movimientos de conciencia. ¿Por qué respetar sus urnas de carne? Y ese cuerpo habitado por una audacia juvenil, ese cuerpo que sabía amar, y sonreír, y sacrificarse, ni tan siquiera se piensa en enterrarlo.

Yo sueño con nuestro respeto de la muerte. Y sueño con el sanatorio blanco, donde la jovencita se estrecha dulcemente con los suyos, que recogen, como un inestimable tesoro, sus últimas sonrisas, sus últimas palabras. Y, en efecto, ese triunfo individual no volverá a repetirse jamás. Jamás se volverá a escuchar exactamente esa carcajada de risa, ni esa inflexión de la voz, ni esa calidad de réplicas prontas o agudas. Cada individuo es un milagro. Y, durante veinte años, se hablará de los muertos...

Aquí, el hombre está pegado simplemente al muro y entrega sus entrañas sobre piedras. Se te ha cogido. Se te ha fusilado. Tú no pensabas como nosotros...

¡Ay! Esta marcha nocturna bajo la lluvia es la única que responde a la verdad de esta guerra. Esos hombres me rodean y me miran, y veo en sus ojos no sé qué gravedad un poco triste. Ellos saben qué suerte les espera, si son cogidos.

Tengo frío. Y me doy cuenta que ninguna mujer ha sido admitida a esta marcha. Y esta ausencia también me parece razonable. ¡Qué tienen que ver aquí esas madres que no saben, cuando dan a luz, qué imagen de la verdad inflamará más tarde a sus hijos, ni qué guerrillero los fusilarán, según su justicia, cuando tengan veinte años!

En busca de la guerra

Esperan a su primer enemigo

Ayer tomé tierra en Lérida, donde me acosté a veinte kilómetros del frente, antes de volver a marcharme para el mismo frente. Esta ciudad cercana a la línea de fuego, me pareció más apacible que Barcelona. Automóviles circulando cuerdamente, y sin fusiles apuntando a través de las portezuelas. En Barcelona veinte mil índices, noche y día están presos sobre veinte mil gatillos. Y, como esos bólidos erizados de armas circulan incansablemente a través del gentío, se puede decir que una ciudad entera está, sin cesar, apuntada en la mejilla. Pero esa multitud directamente apuntada al corazón, ya no lo apercibe más y se dedica a sus ocupaciones.

Ningún viandante se pasea aquí balanceando al final de su brazo un revólver. Ninguno de esos accesorios algo pretenciosos y que sorprenden ser llevados con indiferencia a modo de un guante o una flor. En Lérida, villa del frente, se está serio; no es necesario jugar a la muerte.

Y sin embargo...

–Cerrad bien vuestras persianas.

Un miliciano, enfrente del hotel, tiene por misión apagar las luces visibles disparando contra los cristales.

Ahora rodamos en coche en la zona de guerra. Las barricadas se multiplican, y en adelante, parlamentaremos cada vez con los comités revolucionarios. Los permisos de circulación no son válidos de una ciudad a la otra.

—¿Quiere usted avanzar más lejos?

—Sí.

El presidente del Comité consulta en la pared un plano a gran escala.

—Usted no pasará. A seis kilómetros los rebeldes ocupan la carretera... Usted podría darse la vuelta aquí... Debe estar libre... A menos que...

Esta mañana se hablaba de caballería.... La lectura del frente es muy complicada: villas amigas, villas rebeldes, villas inciertas que varían de la noche a la mañana. Este enredo de las zonas sometidas o insumisas me evoca un empuje bastante flojo. No es esa línea de trinchera que separa ásperos adversarios con la precisión de un cuchillo. Tengo la impresión de atascarme en un marjal. Aquí la tierra es sólida bajo los pasos. Allí cede... Y volvemos a marcharnos en esa movida. ¡Cuánto espacio, cuánto aire entre los movimientos!... Estas operaciones militares carecen extrañamente de densidad...

A la salida de esta ciudad ronca una trilladora. En una aureola de oro aquí se trabaja para el pan de los hombres, y los obreros nos sonríen con una gran sonrisa.

¡Yo esperaba tan poco de esta bella imagen de paz!... Pero aquí apenas la muerte molesta a la vida. Recuerdo una expresión de geógrafo: un matador por kilómetro cuadrado... y, entre dos matadores, no sabemos bien quien tiene la tierra, esa tierra de cosechas y de viñas. Durante mucho tiempo escucho cantar a una cosechadora, incansable como un corazón.

Henos aquí al final, una vez más al final de nuestro avance. Un muro de adoquines domina la carretera y seis fusiles nos encañonan. Cuatro hombres y dos mujeres están tumbados detrás de ese muro. Por otro lado, me doy cuenta que las mujeres no saben tener un fusil.

—Usted no puede ir más lejos.

—¿Por qué?

—Los rebeldes...

De este pueblo se nos designa a ochocientos metros, a otro pueblo, réplica fiel del nuestro. Y quizá también una trilladora que prepara la sangre rebelde.

Nos hemos sentado en la hierba, cerca de los milicianos. Deponen el fusil y cortan rebanadas de pan tierno.

—¿Son ustedes de aquí?

—No, catalanes de Barcelona, partido comunista...

Una de las chicas se despereza y se sienta, los cabellos al viento, sobre la barricada. Ella es un poco gorda, pero fresca y bella. Nos sonríe, radiante:

—Después de la guerra me quedaré en este pueblo... Se es más dichosa en el campo que en la ciudad... ¡Yo no lo sabía!

Y mira a su alrededor, con amor, conmovida como por una revelación. Sólo había conocido los suburbios grises, las marchas mañaneras hacia la fábrica y la recompensa de los cafés tristes. Todos los gestos que se realizan alrededor de ella, aquí, le parecen gestos de fiesta. Ahí está saltando sobre sus pies y corriendo a la fuente. Sin duda, tiene la impresión de beber en el mismo seno de la tierra.

—¿Se han batido ustedes aquí?

–No; a veces, algo se mueve entre los rebeldes... Aquí se observa un camión o bien hombres. Esperamos que avancen por la carretera... Pero, desde hace quince días, no pasa nada...

Esperan a su primer enemigo. En el pueblo de enfrente, seis milicianos parecidos esperan sin duda al suyo. Hay sólo doce guerreros en el mundo...

Después de pasar dos días en el frente andando a tientas a lo largo de los caminos, no he oído ni un solo tiro. No he observado otra cosa que carreteras familiares que no llegaban a ninguna parte. Parecían bien perseguir su camino a través de nuevas cosechas y nuevas viñas, pero ahí se trataba de otro universo. Sobre los mojones kilométricos se leía bien "Zaragoza, 15 km...". Pero Zaragoza, como Ys[12], inaccesible, bajo el mar. Nos estaban prohibidas como esas carreteras de países inundados que se hunden en suave pendiente bajo las aguas. Evidentemente, con más suerte, hubiéramos podido llegar a esos puntos cruciales donde ruge la artillería y donde los jefes mandan. Pero hay tan poca tropa, tan pocos jefes, tan poca artillería... Evidentemente, nosotros hubiéramos podido alcanzar a masas en marcha; en el frente hay nudos de carreteras donde se bate, donde se muere. Pero queda ese espacio entre ellos. Por doquier donde la he observado, la frontera se parecía a una puerta abierta de par en par.

Y, a pesar de que haya estrategas y cañones y convoyes de hombres, me parece que la verdadera guerra no se desarrolla por aquí. Cada cual espera que nazca algo

---

12 Ys, ciudad legendaria bretona, que habría sido engullida por las aguas del mar en el siglo IV o V. La reconstruyeron cerca de Plomach, al borde de la bahía de Douarnenez. (Nota del traductor).

de lo invisible. Los rebeldes esperan que, entre los indiferentes de Madrid, se declaren partidarios... Barcelona espera que Zaragoza, después de un sueño inspirado, se despierte socialista y caiga. Ese es el pensamiento que está en marcha, es el pensamiento, más que el soldado, que asedia... Esa es la gran esperanza y el gran enemigo. Me da la impresión que las pocas bombas de avión y que algunos obuses, y algunos milicianos en armas, no tienen el poder, por sí mimos, de vencer. Cada defensor atrincherado es más fuerte que cien asaltantes. Pero el pensamiento tal vez camina...

De vez en cuando se ataca. De cuando en cuando, se sacude el árbol...Y no es en absoluto para desarraigarlo sino para reconocer si el fruto está maduro.Y entonces una ciudad cae...

Aquí se fusila como se tala… Y los hombres no se respetan ya los unos a los otros

Un religioso francés

Amigos, al volver del frente, me han permitido unirme a sus misteriosas expediciones. Henos aquí en el corazón de la montaña, en uno de esos pueblitos que conocen al tiempo la paz y el terror.

—Sí, hemos fusilado a diecisiete…

Han fusilado a diecisiete "fascistas". El cura, la criada del cura, el sacristán y catorce pequeños notables. Porque todo es relativo. Cuando leen en sus periódicos el retrato de Basil Zaharoff, dueño del mundo, lo trasponen a su lenguaje. Ellos reconocen al arbolista o al farmacéutico.

Y, cuando fusilan al farmacéutico es como si Basil Zaharoff[13] se muriera. El farmacéutico es el único a quien nunca se comprende.

Ahora vivimos entre nosotros, es la calma.

O casi calma. El que atormenta todavía las conciencias, lo había visto antes en el café del pueblo, obsequioso, sonriente, ¡tan deseoso de vivir! Venía allí para hacernos ver que, a pesar de algunas hectáreas de viñas suyas, formaba parte de la especie humana, sufría como ella reuma, se esponjaba como ella con su pañuelo azul; y jugaba humildemente al billar. ¿Se fusila a un hombre que juega al billar? Por otra parte jugaba mal con sus manos regordetas que le temblaban: estaba emocionado. No sabía si todavía era fascista. Yo soñaba con esos pobres monos que bailan delante de la boa, para enternecerla.

Pero no podemos hacer nada por él. De momento, sentados en una mesa, en la sede de ese comité revolucionario, nos disponíamos a promover otro problema. Mientras que Pepín saca de su bolsillo papeles sucios, observo a esos terroristas. Extraña contradicción. Son buenos campesinos con ojos claros. Por doquier encontraremos esas mismas caras atentas, a pesar que no somos más que extranjeros sin poderes, se nos recibirá cada vez con la misma grave cortesía.

Habla Pepín:

–Sí... ya está. Se llama Laporte. ¿Lo conocéis?

Quiero explicarles algo, pero Pepín me manda a callar:

–Ellos no dicen nada, pero saben...

Pepín alinea sus referencias, con indiferencia:

---

13 Sir Brasil Zaharoff: fabricante de los aviones de guerra "Vickers" y material bélico. (Nota del traductor).

—Yo soy un socialista francés. He aquí mi carné de miembro del partido...

El carné pasa de mano en mano. El presidente levanta los ojos sobre nosotros:

—Laporte...Yo no veo...

—¡Pero sí! Un religioso francés... Sin duda disfrazado. Vosotros lo habéis capturado ayer en el bosque. Laporte... Nuestro consulado lo reclama...

Yo balanceo mis piernas desde lo alto de mi mesa. ¡Qué escena tan extraña! Estamos instalados exactamente en la boca del lobo, en el fondo de un pueblito de montaña, a cien kilómetros del primer francés y reclamando a un comité revolucionario, que fusila curas buenos, que nos devuelvan indemne a un religioso.

Y sin embargo me siento en seguridad. Su complacencia no es una bribonada. ¿Por qué habrían de ser bribones con nosotros? ¿Acaso pesamos más que el padre Laporte en sus manos, nosotros que nada aquí nos protege?

Pepín me da con el codo.

—Tengo la impresión que hemos llegado demasiado tarde...

El jefe después de toser, se decide:

—Hemos descubierto un muerto esta mañana, en la carretera, a la entrada del pueblito...Todavía estará allí...

Y luego finge enviar a verificar sus papeles.

—Ya lo han fusilado, me confía Pepín, y es una lástima, con seguridad nos lo habrían confiado: aquí son gentes buenas...

Yo miro de frente a esas extrañas "gentes buenas". Y, efectivamente, no descubro nada que me atormente.

No temo ver a esas caras cerrarse y hacerse lisas como murallas. Lisas con ese indeterminado aire de aburrimiento. Ese aire terrible. Me pregunto, ¿qué es lo que evita que parezcamos ser sospechosos, a pesar de nuestra tan insólita misión? ¿Qué diferencias establecen entre nosotros y el "fascista" del café de al lado que baila su danza de muerte, frente al enemigo sin apelación que son esos jueces? Me viene una extraña idea, que todo mi instinto me impone por fuerza: si uno de esos hombres bostezase, yo tendría miedo. Sentiría rotas las comunicaciones humanas...

★

★   ★

Disfrazado de paisano

Nos marchamos de nuevo; y pregunto a Pepín:

—He aquí nuestro tercer pueblito en el que hacemos este oficio, y aún no ha podido adivinar si era o no peligroso...

Pepín se ríe. También él lo ignora. Y no, obstante él ya ha salvado a decenas de hombres.

—Ayer sin embargo, me confió, hubo malos minutos. Les había quitado un cartujo, bajo el pelotón de ejecución... Entonces, el olor de sangre... gruñeron...

Conozco el final de la historia. Pepín, socialista y notorio anticlerical, jugándose la piel por su cartujo, una vez en el coche, se tornó hacia él y le espetó, en compensación, la más bonita blasfemia de su repertorio:

—¡Me c... en Dios![14], qué cartujo.

Pepín triunfaba.

Pero el cartujo no escuchaba. Se echó a su cuello y lo besaba llorando de alegría...

En este otro pueblito nos han devuelto a un hombre. Cuatro milicianos, con gran misterio, nos lo han exhumado de un sótano. Es un religioso alerta, con ojos vivos, del que he olvidado el nombre... Está disfrazado de paisano y lleva un largo bastón anudado de muescas.

—Marcaba los días... Tres semanas en el bosque, se hacen muy largas... Los hongos no nutren nada y me cogieron porque me acercaba a los villorrios...

El alcalde, a quien debíamos ese presente de una vida, nos dice con orgullo:

—Hemos tirado mucho sobre él, creíamos que lo habíamos matado...

Excusó su torpeza.

—Hay que decir que era de noche.

El religioso se rió:

—No tuve miedo...

Y cuando íbamos a marcharnos, con esos afamados terroristas, intercambiamos apretones de manos interminables. Se sacuden particularmente las del rescatado. Se le felicita que esté vivo. Y el religioso responde a todos esos deseos con una alegría que no oculta segundas intenciones.

---

14 Las blasfemias en lengua francesa no son tan exageradas ni vulgares; tan irreverentes, como las españolas. (Nota del traductor).

Respecto a mí, me gustaría comprender a los hombres.

Consultamos nuestras listas. Nos han indicado a un hombre en peligro de ser degollado. Henos aquí en su casa. Entramos en su domicilio como "Pedro por su casa". En la planta indicada, nos recibe un joven.

—Al parecer está usted en peligro. Nosotros le llevamos a Barcelona y le embarcaremos en el Duquesne.

El joven reflexiona mucho tiempo:

—Es una jugada de mi hermana...

—¿Qué?

—Ella vive en Barcelona. Nunca pagó la pensión del niño y yo soy quien...

—Eso no nos interesa. ¿Está usted sí o no en peligro?

—No lo sé. Mi hermana...

—Quiere usted huir, ¿sí o no?

—Yo no sé, yo, ¿qué piensa usted? en Barcelona, mi hermana...

Éste sigue a través de la revolución su pequeño drama familiar. Se quedará aquí para burlar a esa misteriosa hermana.

—"Como usted quiera..."

Y lo abandonamos.

*

*   *

Alguien ha muerto

Paramos y bajamos del coche. Una descarga de fusilería estalla en el campo. La carretera domina un racimo de árboles, desde donde, a quinientos metros, emergen dos chimeneas de fábrica. Los milicianos se paran a su vez, arman sus fusiles y nos interrogan:

—¿Qué pasa?

Calculan y señalan a las chimeneas.

—Eso viene de la fábrica...

La descarga se ha apagado y la calma regresa. Las chimeneas echan suavemente humo. Una risotada de viento acaricia las hierbas, nada ha cambiado...

Y nosotros no sentimos nada.

Sin embargo en ese ramillete de árboles, alguien ha muerto. Este silencio que reina es más expresivo que el fusilamiento. Si se ha callado es que ya no tiene objeto de ser.

Un hombre, una familia quizá acaban de deslizarse de un mundo en el otro. Ya se deslizan sobre las hierbas... Pero este viento de la tarde..., esta vegetación..., esta ligera humareda. Todo continúa alrededor de los muertos.

Yo sé que la muerte no es trágica por sí misma. Frente a tantos verdores frescos, recuerdo un villorrio de Provence, otrora ojeado a primera vista desde un recodo del camino. Apretado alrededor de su campanario, destacaba en el crepúsculo. Me tendí en la hierba y gozaba de su paz, cuando el viento me trajo el toque de ánimas. El toque me anunciaba que una vieja, mañana, pasaría bajo tierra, toda ella abreviada, toda marchita, habiendo proveído su parte de trabajo. Y esa música lenta, mezclada de viento parecía cargada no de desesperanza, sino de alegría discreta y tierna.

Esa campana que celebraba con la misma voz los bautizos y los muertos, anunciaba el paso de una generación a otra, la historia de la especie humana. Sobre unos despojos, celebraba aún la vida.

Yo sólo experimentaba una gran dulzura al escuchar redoblar para esos esponsales de la pobre vieja y de la tierra. Ella dormiría mañana, por vez primera, bajo un manto real, rica de flores y de cigarras cantarinas.

Se nos cuenta que una jovencita ha sido muerta entre sus hermanos, pero sólo son ruidos inciertos.

¡Que atroz simpleza! Nuestra paz no comenzó por golpes secos en el fondo de la cuenca de verdor. Por esa breve caza de la perdiz. Ese ángelus civil que ha sonado en el follaje, nos deja tranquilos, sin arrepentimiento...

Los acontecimientos humanos tienen sin duda dos caras. Una cara de drama y una cara de indiferencia. Todo cambia según se trate del individuo o de la especie. En sus migraciones, en sus imperiosos movimientos, la especie olvida a sus muertos.

Posiblemente sea la explicación de esos rostros graves de esos campesinos en los que se siente bien que no tienen el gusto del horror, y que sin embargo pronto volverán a subir hacia nosotros, cuando acaben la batida, satisfechos de haber ejercido su justicia, indiferentes a esa jovencita que ha tropezado contra la raíz de la muerte, presa como de un arpón, y que reposa en el bosque con la boca llena de sangre.

¿Se trata de salvar a una unidad de entre el gentío? ¿Se trata de entregar un ser humano como se entregaría un caballo después de haber sopesado los servicios que rendirá aún? Quizá diez camaradas perecerán en su empresa de socorro. ¡Qué mal cálculo de beneficio!... No se trata de salvar un termite entre los termites del termitero, sino de una consciencia, sino de un imperio cuya importancia no se puede mesurar. Bajo el cráneo estrecho de ese minero cuántos maderos han hecho presa, reposa todo un mundo. Parientes, amigos, un hogar, la sopa caliente de la cena, canciones para los días festivos, ternuras y cóleras, y quizá incluso un clan social, un gran amor universal... ¿Cómo medirá el hombre? Su ancestro ha dibujado, una vez, un reno en la pared de una caverna, y su gesto, doscientos mil años más tarde, irradia todavía. Nos conmueve. Se prolonga aún en nosotros. Un gesto de hombre es un manantial eterno.

Debiéramos perecer, de su pozo de mina, volvemos a subir a ese minero universal aunque solitario.

De vuelta a Barcelona, esta tarde, me inclino, desde la ventana de un amigo, sobre ese pequeño claustro saqueado. Los techos se han desplomado, los muros están agujereados con amplias brechas, la mirada registra los secretos más humildes.

Y, a pesar de mí, sueño con esos termiteros del Paraguay que yo reventaba con un golpe de zapapico para penetrar en el misterio. Y sin duda, por los vencedores que han reventado ese pequeño templo, aunque sólo se tratase de un termitero. Esas monjitas, que una simple patada de soldado ha bruscamente despertado, se han puesto a correr de aquí para allá, a lo largo de las paredes, y el gentío no ha sentido el drama.

Pero nosotros no somos termites. Nosotros somos hombres. Para nosotros no cuentan las leyes del número ni del espacio. El físico en su buhardilla, al final de sus cálculos, hace balance de la importancia de la ciudad.

El canceroso, despierto en la noche, es un hogar del dolor humano. El minero sólo vale tanto como que mil hombres mueran. Yo ya no sé, cuando de hombres se trata, jugar con esa horrorosa aritmética. Si me dicen "¿qué son esas docenas de víctimas, a los ojos de una población? ¿Qué son esos templos quemados, a los ojos de una ciudad que continúa su vida? ¿Dónde está el terror en Barcelona?". Yo me niego a esas medidas. No se recorre a trancos el imperio de los hombres.

El que se enclaustraba en su convento, en su laboratorio, en su amor, en apariencia a dos pasos de mí emergía verdaderamente en soledades tibetanas, un alejamiento donde ningún viaje jamás me depositará. Si rompo esos pobres muros ignoro qué civilización acaba de hundirse para siempre, como la Atlántida bajo los mares.

Caza de perdigones bajo los boscajes. Jovencita golpeada ante sus hermanos, no es en absoluto la muerte lo que me causa horror. Ésta me parece que es casi dulce cuando se liga a la vida; me gusta imaginar, que en este claustro, que un día de muerte era incluso un día de vida...

Pero este olvido de repente monstruoso de la calidad del hombre, esas justificaciones de algebristas, eso es lo que yo rehúso.

Los hombres ya no se respetan más los unos a los otros. Oficiales de justicia sin alma dispersan a los vientos un mobiliario sin saber que ellos destruyen todo un reino... He aquí a comités que se adjudican el derecho de depurar, bajo la apelación de criterios que, si ellos cambian dos o tres veces, no dejan tras de sí sino muertos. He aquí a un general a la cabeza de marroquíes que condena muchedumbres enteras con la conciencia en paz, al igual que un profeta que aplasta un cisma. Aquí se fusila, como se tala un bosque...

En España, hay gentes en movimiento, pero el individuo, este universo, desde lo hondo de un pozo de mina, llama en vano a su auxilio...

Antoine de Saint-Exupéry fue una tercera vez a España, durante la Guerra Civil española, (hacia finales del mes de abril de 1937), esta vez como enviado especial del diario popular *Paris-Soir*, con un contrato para diez reportajes; pero de los que solamente se publicaron tres. Los escribió a su regreso a Francia. Los publicó en París los días 27 y 28 de junio y 3 de julio de 1937, bajo el título *MADRID*.

ESPAÑA ENSANGRENTADA.
MADRID, 1937-1938

Defensa de Madrid

Las balas llenaban la noche

Las balas chasqueaban por encima de nuestras cabezas, contra el muro bañado de luna que nosotros bordeamos. Un terraplén a la izquierda de la carretera, parecían que volaban bajo. Así, a pesar de sus secos estallidos, a mil metros de una batalla que se desarrollaba en forma de herradura enfrente de nosotros y a nuestros flancos, el teniente que me acompañaba y yo experimentábamos en el blanco camino de la campiña, el sentimiento de una gran paz. Podíamos cantar, podíamos reír, podíamos chasquear una cerilla, nadie nos prestaba atención. Parecíamos campesinos que van al vecino mercado. Mil metros más allá, la dura necesidad nos colocaba de oficio sobre el damero negro de la guerra, pero aquí, fuera de juego, olvidados, nosotros hacíamos novillos.

Las balas también; balas perdidas, como las de lejanos combates. Las que aquí silbaban, allí habían errado su meta. En lugar de estrellarse contra los parapetos de tierra o de reventar pechos de hombres, algunas, tiroteadas muy alto, sobre el horizonte, se escaparon. Las balas llenaban la noche con parábolas absurdas. De los tres segundos de libertad, apenas nacidas, pronto muertas. Las unas chasqueaban contra las piedras; las que pasaban muy alto alargaban sus fustazos hasta las estrellas, las que rebotaban tañían extrañamente, como en su lugar, esbozando una vida de abejas, peligrosas en un abrir y cerrar de ojos, venenosas pero efímeras[15].

A la izquierda, el talud se aplastaba, y mi compañero me interroga diciendo:

—Podríamos tomar el paso angosto próximo, pero es de noche, ¿no estaríamos mejor en la carretera?

Yo adivinaba, al sesgo, su sonrisa socarrona. Puesto que yo quería conocer la guerra, el se encargaba de hacérmela sentir. Esas balas que, habiendo rebotado, chirriaban el tiempo que dura un estallido, como insectos en el mismo momento en que se posan, ciertamente provocaban mi respeto. Yo inventaba una intención en su música. Mi carne parecía imantada, como si el destino de las balas fuese encontrarse con la carne.

Pero al mismo tiempo yo daba crédito al camarada: "Me quiere impresionar, pero tiene apego a la vida. Si me propone la carretera a pesar de esta lluvia encantada, es que el paseo ofrece pocos riesgos. Está mejor informado que yo".

---

15 Bonito tropo para indicar lo poco de vida que le queda a la abeja después de aguijonear. (Nota del traductor).

–La carretera, seguramente... si hace tan buen tiempo.

Yo hubiese preferido seguir por el paso estrecho, evidentemente, pero me guardé mi opinión. Yo conocía el truco. Antes que él, yo había jugado a ese juego con anterioridad, en Cabo Juby, cuando la zona de inseguridad se abría a veinte metros del fortín[16].

Si desembarcaba un inspector algo ampuloso, y poco familiar con el desierto, contándole los pequeños asuntos del aeródromo, yo lo empeñaba a dar un paseo por las arenas.

Yo esperaba la tímida observación que me pagaría antes de tiempo por todas las sanciones administrativas:

–¡Ehh!... ya es tarde, ¿y si entráramos?

Entonces yo tenía plenos poderes; mi hombre quedaba solidamente dominado por mí. La distancia era suficiente para que no osara jamás volver solo. Lo arrastraba detrás de mis talones, durante una hora, con paso alegre, bajo los más fútiles pretextos tenía al esclavo atado a mis pasos. Y, como con toda evidencia se quejaba de su cansancio, yo le aconsejaba susurrando que se sentase y me esperase allí, que yo volvería a recogerlo a mi regreso. Él fingía dudar, ojeaba solapado las arenas, y, luego con aire gallardo, decía: "Después de todo me gusta caminar...".

---

16 Alusión a su estancia en el Sahara, en Cabo Juby, donde España tenía un enclave en Sidi Ifni (Marruecos meridional), allí la Línea Aérea Latécoère instaló una sucursal regentada por Saint-Exupéry. (Nota del traductor).

Entonces yo me quedaba contento y le contaba, cual estrella errante a pasos largos, de espalda al refugio, las crueles costumbres de las tribus moras.

Esa noche, yo era ese inspector al que se pasea en esclavitud, pero prefería, una vez por segundo, entrar con la cabeza sobre los hombros, antes que arriesgar vagas reflexiones, aunque fuesen luminosas, en los pasos angostos de la cercanía.

Sin embargo, nosotros no nos hundimos en esa falla de la tierra, sin que ni uno ni el otro hubiésemos ganado la manga. Los acontecimientos acababan de tomar un sesgo grave, y de repente nuestro juego nos pareció pueril, no porque una ráfaga de ametralladora nos hubiese barrido, no porque un proyectil nos hubiese descubierto, sino simplemente a causa de un soplo, de una suerte de gárgola y que no nos concernía para nada:

–Eso es para Madrid, dijo el teniente.

El paso angosto de proximidad toma la cresta de una colina poco antes de Carabanchel. En la dirección de Madrid, el talud de tierra se ha derrumbado, y la ciudad se nos aparece en la escotadura, blanca, asombrosamente blanca, bajo el plenilunio. Apenas dos kilómetros nos separan de esos altos inmuebles que domina la Telefónica (sic). Madrid duerme, o más bien Madrid finge dormir. Ningún punto luminoso, ningún ruido. El estrépito fúnebre que oímos en adelante repetirse cada dos minutos se ahogará cada vez en un silencio de muerte. No despertará en la ciudad ni rumor ni trastorno. Se engullirá cada vez como una piedra en las aguas.

Bruscamente se me apareció en la plaza de Madrid una cara.

Una cara blanca con los ojos cerrados. Un rostro duro de virgen, que recibe los golpes uno a uno sin responder. He ahí todavía sobre nuestras cabezas, en las estrellas, ese gorgoteo de botella descorchada... Un segundo, dos segundos, cinco segundos... Reculo a pesar de mí, me da la impresión que voy a recibir el golpe, y ¡zas!, ¡es como si la ciudad entera se derrumbase!

Pero Madrid emerge siempre. Nada se ha derrumbado, nada ha pestañeado, nada ha cambiado. El rostro de piedra quedó puro.

—Para Madrid...

Mi compañero repite eso maquinalmente, él me enseña a desenredar esos temblores en las estrellas, a seguir a esos tiburones que se deslizan hacia sus presas:

—No... eso es una batería nuestra que contesta... eso es ellos, pero tiran a otra parte... Eso... eso es para Madrid.

Las explosiones que tardan, no dejamos de esperarlas. Que se aloje pues en acontecimientos en esta duración temporal. Una enorme presión sube y sube. ¡Esa caldera que decide estallar! ¡Ah! Hay esos que acaban de morir, hay aquellos que acaban de ser liberados. Ochocientos mil habitantes, menos una docena de víctimas, reciben sus sobreseimientos. Entre las gárgolas y las explosiones, eran ochocientos mil en peligro de muerte.

Cada obús en marcha amenaza toda la ciudad. Yo la siento ahí, apretada, compacta, solidaria. Adivino a esos hombres, a esos niños, a esas mujeres, toda esa población humilde que una virgen sin movimiento abriga bajo su manto de piedra. Todavía oigo el innoble ruido, y me quedo sobrecogido, asqueado por el deslizamiento del torpedo, yo no sé lo que digo:

–Se… se torpedea Madrid…Y el otro hace eco, que cuenta los golpes:

–Para Madrid… diez y seis.

Salí de mi paso largo y angosto. Estoy de bruces sobre el talud, y miro. Una nueva imagen borra la otra. Madrid, con sus chimeneas, sus torrecillas, sus portillas, Madrid se parece a un barco de altura, blanco sobre las aguas negras de la noche. Una ciudad dura más que los hombres. Madrid se ha llenado de inmigrantes, y los pasa de un borde al otro de la vida. Porta a una generación. Navega, lento, a través de los siglos. Hombres, mujeres, niños lo llenan, desde sus buhardillas hasta sus sótanos. Esperan, resignados o temblando de miedo, encerrados en ese navío de piedra. Torpedean a un navío cargado de mujeres y de niños. Se quiere hundir a Madrid como a un navío.

A mí, de momento, poco me importan las reglas del juego de la guerra.Y de sus justificaciones y motivos.Yo escucho. He aprendido a reconocer la de otros, esa tos sorda de baterías que escupen sobre Madrid. He aprendido a leer el camino de esos canalones en las estrellas: pasa en algún lugar cerca de la constelación de Sagitario. He aprendido a contar lentamente cinco segundos. Y luego escucho. No sé qué árbol cede al rayo, yo no sé qué catedral se estremece, tampoco sé qué niño pobre acaba de morir.

En la ciudad he asistido, esta tarde, a un bombardeo. Hizo falta aquella gran tormenta sobre la Gran Vía para desraizar una vida humana, una sola. Los transeúntes se limpiaban de los yesos, otros corrían, una ligera humareda se disipaba, pero el novio, salvado de milagro de cualquier desolladura, encontraba a sus pies la *novia* (sic)[17], cuyo brazo dorado estrechaba un segundo antes, se transformó en esponja de sangre y de ropas. Arrodillándose sin comprender todavía, meneaba suavemente la cabeza, con un aire de tristeza diciéndose: "¡Qué extraño!" No reconocía nada que fuese su amiga en esa maravilla así esparcida. La desesperación se anudaba a él con una lentitud atroz de ola de mar de fondo. Todavía por un segundo, sorprendido por el escamoteo, buscaba con la mirada a su alrededor la forma ligera, como si ella, al menos hubiese subsistido.

Pero allí solamente había un paquete de barro. Desvanecida, la débil doradura que hace ¡la calidad humana! Mientras que en la garganta del hombre el grito, que no sé de qué difería, tenía tiempo de comprender que no había amado esos labios, sino la mueca, sino la sonrisa de esos labios. No sus ojos, sino su mirada. No ese seno, sino un dulce movimiento marino. Tenía todo el tiempo para descubrir al fin la causa de la angustia que, tal vez, le traía el amor. ¿No perseguía él lo incomprensible? No se trataba en absoluto de extinguirse un cuerpo, sino un flojel, sino una luz, sino el ángel sin peso que lo habitaba…

A mí me importa poco, de momento, las reglas del juego de la guerra y de la ley de represalias. ¿Quién ha empezado? A una respuesta siempre encontramos una respuesta, y el primer asesinato de todos ha desaparecido en la noche de los tiempos. Más que nunca desconfío de la lógica. Si el maestro de escuela me demuestra que el fuego no quema la carne, extiendo la mano sobre el hogar y sé, sin lógica, que su razonamiento peca por alguna parte.

____

17 En español en el texto original. (Nota del traductor).

He visto a una niñita desnuda de su vestido de luz. ¿Cómo podría yo creer en la virtud de las represalias?

Respecto del interés militar de tal bombardeo, yo no he sabido descubrirlo. He visto amas de casa reventadas, he visto a niños desfigurados, he visto esa vieja vendedora ambulante enjugar con una esponja los restos de ese cerebro que había salpicado sus tesoros; he visto a la portera salir de su portería y purificar con un cubo de agua la acera, y aún no he comprendido qué papel representaba, en una guerra, esos humildes accidentes de vías urbanas. ¿Rol moral? ¡Pero un bombardeo se revuelve contra su meta! Madrid se refuerza a cada cañonazo. La indiferencia, que balanceaba, se determina. Da mucha pena un niño cuando es el vuestro. Me ha parecido que un bombardeo no dispersa: unifica. El horror hace apretar los puños, y uno se reúne en el horror. El teniente y yo trepamos sobre el talud. Rostro o navío, Madrid está ahí y recibe los golpes sin responder. Pero los hombres son así: las pruebas afirman lentamente sus virtudes.

Por ello es por lo que se exalta mi compañero; piensa en esa voluntad de endurecerse. Ahí está con los puños sobre las caderas, respirando hondamente. Y no se compadece más de las mujeres ni de los niños...

—Ya son sesenta...

El golpe resuena en el yunque: un gigantesco herrero forja Madrid.

La guerra en el frente de Carabanchel

Un trapo en la saetera

Hemos vuelto a caminar hacia las primeras líneas de Carabanchel[18]. En semicírculo, alrededor de nosotros, el frente está animado con una descarga lejana de fusilería, incoherente, universal, parecida a los desvanecimientos y a los guijarros revueltos por el mar. A veces el contagio de los tiros se alarga, al modo de una llama de grisú, sobre veinte kilómetros de líneas de fuego, y luego todo entra en la paz, todo se calla, todo entra en sí.

Hay instantes de tan perfecto silencio que uno siente morir la guerra.

Así sucede con las remisiones de todos los odios a la vez. Después de treinta segundos de esa calma, la faz del mundo ya ha cambiado. Ya no hay que darse más golpes, no hay que esperar ninguna réplica, no hay por ningún lado provocación que anotar. ¡Qué patética ocasión para

---

18 Saint-Exupéry escribe "Carabancel". (Nota del traductor).

no fusilar jamás! En adelante, aquel que mate primero, ¡que lleve el peso de la guerra! Para salvar la paz basta con apercibir el silencio. Helo ahí tierno como un pastor. Desea que se le escuche...

Pero en alguna parte, antes que nadie lo haya reconocido, un tiro de fusil cruje demasiado pronto. En alguna parte la llama surge de cenizas todavía calientes. En alguna parte resucita la guerra, del gesto de un solo asesino que no es en absoluto responsable.

Y sueño en el silencio que, una vez más, se instala, cuando, mina o torpedo, alguna cosa explosiona. Un polvo de yeso nos envuelve. Me he sobresaltado, pero, en campesina diligencia del teniente que me precede, leo en él que niega interesarse por esas erupciones. ¿Costumbre, desprecio, resignación? Poco a poco aprenderé que se ha establecido un ánimo de guerra al modo de un caparazón. Se obliga al descanso a la imaginación. Todo lo que pasa a diez metros, se vuelve a arrojar a otro universo. Pero yo vuelvo todavía la cabeza en la dirección de la tormenta, tratando de descifrar los humores.

En primera línea, el mundo que estaba vacío se ha vuelto a poblar. De un momento a otro, el relámpago de un fumador o la ráfaga de luz de una linterna. En adelante nosotros nos deslizamos, ciegos, a través de las casitas de Carabanchel donde las trincheras cavan su camino. Marchamos por el borde, sin apercibirlo, por la estrecha callejuela que sólo nos separa del enemigo. Pasos largos y estrechos se hunden hacia los sótanos. Allí se duerme, se vela, se tiran tiros por los respiraderos. Y allí abajo, nos mezclamos a la extraña vida submarina. Me rozo sin conocerla con esta población engullida. De vez en cuando, despacio, de la mano, mi guía aparta una sombra muda y me empuja al sitio del acechador. Entonces me inclino hacia delante. La saetera está obstruida con un trapo. Lo retiro y echo una mirada. No veo nada, sino un muro, enfrente, y esa extraña luz lunar que parece irradiar bajo las aguas. Cuando vuelvo a colocar el trapo, parece como si limpiara la corriente de lava de la luna.

Al alba, se ataca

Sé de una noticia nueva que circula: debemos atacar antes del alba. Se trata de tomar treinta casas de Carabanchel. Treinta fortalezas de cemento, entre mil. Por falta de artillería, se trata de reventar los muros con bombas y de ocupar una a una las células reventadas. Yo sueño con esos pescados que se pescan con un garfio de hierro, escarbando en los agujeros. Siento un vago malestar, miro a esos hombres que antes aspirarán a una gran taza de aire, se zambullirán de golpe en la noche azul, y, si consiguen llegar al muro de enfrente, conocerán, bajo la roca, abrazos mortales.

¿Cuántos, antes de quince pasos, ya habrán rodado, ahogados en el claro de luna?

Pero nada ha cambiado en su cara. Esperaban servir bien. Todos voluntarios, habiendo, todos, renunciado a sus esperanzas o a sus particulares libertades, estaban unidos a la gran agrupación. Este asalto está en la orden. Se captura en una provisión de hombres. Se captura en un granero. Se echa un puñado de granos para las sementeras.

El temor a los fantasmas

El miedo ha empezado por una ligera agitación. El tiroteo se ha intensificado sin razón. Se temía al enemigo como si, informado del ataque, se debía uno preparar. Sabe Dios qué desesperación. Se le buscaba en la sombra. Se temía a la víctima, se temía ese alivio cruel de las víctimas de las que se toca la nuca. En otra ocasión yo he visto pequeñas fieras agazapadas en su agujero, ebrias de angustia. Esas os saltan a la garganta. Se buscaba al enemigo mudo, ese loco suelto en el campo, que prepara crímenes; se tiraban tiros primero contra el silencio. Se creía así oírlo replicar con viveza; se teme a los fantasmas, no a los hombres. Pero un fantasma era quien respondía.

Y ahora, aquí, en el fondo de la bodega, oímos crujir a nuestro navío. Algo se desune lentamente. La luna fluye por sus fisuras. Uno se opone a esa invasión de lo impalpable. De la luna, de la noche, del mar. De vez en cuando, la tempestad rompe y sus cabezazos de morueco nos estremecen. Las balas, en el exterior, hacen irrespirable el aire y uno se siente simplemente encerrado por ellas, y las minas, y los morteros que ahora se multiplican, nos turban cada vez como un atentado, como el cuchillo de un desconocido plantado en el corazón. Alguien murmura: "apuesto que van a atacar los primeros".

De esa sacudida hemos recibido en la carne la onda. Los hombres se han estremecido, pero nadie se ha movido. Me gustaría comprender mejor lo que los imanta así, los retiene. Mañana le preguntaré al sargento, mi vecino, si vuelve vivo. Le diré: "Sargento, ¿por qué aceptas morir?".

No se mueven pero, bajo el golpe, se estremecen. Al hombre se le ataca como a un árbol. Está derecho, pero cada golpe se agrega a los demás. Yo siento estremecerse de miedo sus ramajes, en la noche.

Ahora, las ametralladoras lanzan ríos de chispas. Sus descargas de fusilería exasperan. Ya no son el fruto de decisiones individuales. Algo se resquebraja a lo largo de las trincheras. Veo oscilar la ametralladora más cercana. Treinta centímetros por encima de las tierras negras, ella pasea su hoz. A treinta centímetros de las tierras negras, no se respira nada. Y sin embargo algo está en marcha. ¿Ahora uno se ensaña contra un fantasma que no que no se consigue exorcizar?

Pánico

¿Atacan? ¡Todo ello tiene algo de maleficio! A través de esa saetera, no he visto nada, lo juro, solamente una estrella. He aquí al de la ametralladora lanzando ráfagas. Y cuando tira, la estrella parece que en el agua tiembla. La noche compone sortilegios, se bate contra las estrellas y ese acechador que, lentamente, levanta el brazo, anuncia, anuncia...

Y bruscamente todo parece explosionar. Mis pensamientos se aceleran. Pienso. Pienso como los demás... No quiero, no quiero... No quiero que la noche me deposite sobre los hombres, después del salto en la trinchera, el peso del reventador. No quiero oír a dos pasos de mí un grito de bestia. No quiero que me cosechen hoy para los grandes mausoleos de piedra. ¡Ay! ¡Si yo tuviese un fusil! ¡Cuidado! ¡Le haría daño a quien se me acercase!

Me incorporo a ese ametrallador, con mi tiro hago hacer piruetas, como un molinete de sable.

—¡Tenga cuidado!

Pero la noche, la guerra, el horror, el fantasma. En absoluto yo quiero matar a hombres[19], pero la noche, la guerra; pero el horror, el fantasma pálido que, fuera de la pesadilla, avanza un paso...

—¡Eh! ¿Eso era sólo pánico?

La pantomima del hombre ebrio

Estamos con el capitán. El sargento rinde cuentas. Se trataba de una falsa alerta, pero el enemigo ya está advertido. ¿Se mantiene el ataque?

El capitán alza los hombros. Él, también, no hace sino ejecutar órdenes. Y pone ante nosotros dos vasos de coñac.

—Tú sales el primero, conmigo, dice el sargento, bebe y vete a dormir.

El sargento se fue a dormir. Me han hecho un sitio alrededor de esa mesa, donde en ella velamos una decena. En esta habitación bien calafateada, donde ninguna luz se filtra, la claridad es tan cruda que guiño los ojos. Bebo ese coñac apenas azucarado, algo repugnante; tiene un sabor triste de amanecer. Comprendo mal lo que me rodea, bebo y cierro los ojos. Tengo en los ojos esas casas glaucas de Carabanchel.

---

19 Saint-Exupéry, al igual que todos los judíos y los descendientes de conversos, guardan en la memoria colectiva, el precepto bíblico imperioso:
¡No matarás! (Nota del traductor).

A la derecha, pronto se cuenta un chiste, del que solamente he cogido una palabra sobre tres. A la izquierda, se disputa una partida de ajedrez. ¿Dónde estoy? Un hombre, medio borracho entra; cabecea despacio en este mundo casi irreal. Acaricia una barba hirsuta y deja caer sobre nosotros sus tiernos ojos. Su mirada resbala sobre el coñac, se gira; y vuelve al coñac, gira suplicando hacia el capitán.

El capitán sonríe para su coleto. El hombre, tocado por la esperanza, también ríe. Una ligera risa invade a los espectadores. El capitán retira suavemente la botella. La mirada del hombre se torna desesperante, y de ese modo se ceba un juego pueril, una especie de ballet silencioso que, a través de la espesa humareda de los cigarrillos, los cansancios de la noche, la imagen del próximo ataque, tiene algo de ensueño. Y me extraña esa atmósfera de fin de velada, leyendo la hora a las barbas que apuntan, mientras que afuera redoblan los golpes de mar.

Hacen durar la vida

Esos hombres se limpiarán luego del sudor, del alcohol, de su mugre, del atasque de su espera, de las aguas regias de la noche de guerra. Los siento tan cerca ser tan puros. Pero bailan aún, tan lejos como puedan danzar, el ballet del borracho y de la botella. Persiguen tan lejos como puedan perseguir esta partida de ajedrez. Hacen durar la vida cuanto puedan. No obstante, un viejo despertador truena en una estantería. Se lo ha regulado con el fin que advierta. Yo soy el único a mirarlo a escondidas. ¿Cómo no lo oye nadie? ¡Es necesario que haga un ruido estrepitoso!

Ese instrumento sonará. Entonces los hombres se levantarán y se desperezarán. Es un gesto al que se cede extrañamente cada vez que se trate de sobrevivir. Se estirarán y apretarán su cinturón. Entonces, el capitán descolgará su revólver. Entonces, el borracho se desemborrachará. Entonces, todos tomarán sin prisa ese pasillo, hasta el rectángulo de luz pálida sobre el que da y que es el cielo, dirán algo simple, como "qué bello claro de luna" o "hace tan bueno". Y se arrojarán a las estrellas.

¡Eh, sargento!
¿Por qué has ido?

Apenas el teléfono ha anulado el ataque en el que casi todos, al asalto del muro de cemento, debían morir, apenas se sienten en seguridad, algunos pataleando todo el día, con sus pesados zapatos, su buen planeta, apenas están en paz, helos ahí a todos lamentándose.

Son mil quejas ¿Nos toman por mujeres? ¿Estamos en guerra, sí o no? Mil propósitos ácidos sobre un Estado Mayor que renuncia a su cabezonada, pero que, declaran, mostrarse partidarios del bombardeo de Madrid, y del tributo de niños librados cada día al cañón, puesto que impone la inacción a la misma hora en que se encargaba de derrotar esas baterías, por encima del dorso de las montañas, dos veces más de lo necesario para salvar la inocencia condenada.

No obstante yo no puedo olvidar que se trataba de hacer arrebatar por un puñado de hombres treinta fortalezas de cemento, dotadas de morteros y de ametralladoras, y así, en caso de milagro, progresar al menos ochenta metros, lo que no hubiese salvado, con toda evidencia, entre los niños de Madrid, solo aquellos que tenían por costumbre, para hacer novillos, de instalarse en la retaguardia de la ciudad, en los últimos ochenta metros accesibles al tiro.

También me parece, y de la propia confesión de mis compañeros, que ninguno de ellos se hubiese alzado de este zambullido en el claro de luna, y que deberían estimarse satisfechos de poder aún tempestear tan fuerte, despabilados por esos vasos de coñac que beben para consolarse, pero con alegría, y que, después de la llamada de teléfono, ha curiosamente cambiado de gusto.

Yo no veo nada de esa vehemencia que pueda aparecerse como fanfarrón o ridículo, sabiendo que todos estaban dispuestos a morir esa noche con sencillez y sabiendo también que me gustaría hacerles entender.

Por otro lado, reconozco en el fondo de mí mismo una contradicción parecida a la de ellos y que no obstante no me molesta en absoluto. Seguramente, más que ellos mismos sin duda, no teniendo, simple espectador, las mismas razones de asumir esos riesgos, deseo, desde el fondo de mi noche, que el naufragio en que me encontraba fuese anulado. Sin embargo, ahora que se ofrecen una larga jornada y los júbilos prometidos, ahora que no tengo nada que temer, siento también algo oscuro y que me acompañaba en este naufragio.

El día luce. Yo me lavo la cara con agua helada de la fuente, el café humea en las tazas, a cuarenta metros del enemigo, bajo un cenador reventado por las bombas de medianoche, pero que respetará la tregua del alba, y donde los salvados van a reunirse después de lavarse, para comulgar con la vida y compartir el pan blanco, los cigarrillos y las sonrisas. Uno a uno se instalan, el capitán, el sargento R..., el teniente, plantando bien sus codos en la mesa, frente a riquezas que han menospreciado, sabiamente, a la hora de rendirlos, pero que todos vuelven a tener todo su precio. Ya resuenan los "¡Salud Amigo!" (sic)[20] y las grandes palmadas en las espaldas. Gusto de ese viento helado que me acaricia y ese sol que nos dora bajo la nieve. Gusto de ese clima de alta montaña, en el que, me parece, soy dichoso. Gusto del júbilo de esos hombres.

Una vaina de bala madura explosiona en algún lugar. De vez en cuando, una bala absurda crujirá contra la piedra. Es la muerte errante, sin duda, desocupada, pero sin mala intención. Aún no ha llegado su hora. Bajo el cenador estamos ocupados en festejar la vida. El capitán comparte el pan y, si por otro lado, sintió su urgencia, es la primera vez, que descubro tanta dignidad en la comida. He visto descargar camiones de víveres destinado para los niños que tenían hambre, y era patético, pero nunca supuse esta gravedad en la comida.

Todo el equipo ha subido desde el fondo de las tinieblas; y el capitán rompe el pan blanco, ese pan de España, tan prieto, tan nutrido de levadura, con el fin que cada camarada, habiendo tendido la mano, reciba un trozo oloroso, tan grueso como un puño, y que se va a transformar en vida.

Pues han subido desde el fondo de las tinieblas. Y yo miro atentamente a esos hombres que comienzan así una nueva vida. Sobretodo miro al sargento R..., el que debía salir el primero y se fue a dormir antes del ataque. Asistí a su despertar, que fue el de un condenado a muerte. El sargento R..., sabía que él saldría el primero, frente a un nido de ametralladoras, y que danzaría en el claro de luna ese ballet de quince pasos en el que uno muere.

---

20 En español en el texto original. (Nota del traductor).

Las trincheras de Carabanchel, serpentean a través de casitas de obreros cuyo mobiliario quedó en su lugar, y, así, a algunos pasos del enemigo, el sargento R..., vestido, dormía tumbado sobre una cama de hierro. Cuando encendimos una vela y fijada sobre el cuello de una botella, cuando nos retiramos de la sombra, de esa cama fúnebre sólo vimos zapatos. Zapatos enormes, claveteados con tachuelas, herrados, zapatos de ferroviarios o de alcantarilleros, toda la miseria del mundo le cabía, ya que para nada, con esos zapatos en los pies para dar pasos dichosos en la vida, pero abordarla como un estibador de muelles, para quien la vida es un navío que hay que descargar.

Ese hombre estaba calzado de instrumentos de trabajo y todo, sobre su cuerpo, no era sino instrumentos. Cartucheras, revólver, tirantes de cuero, cinturón. Llevaba la albarda o el collar, todo el arnés de caballo de labor. En Marruecos, se ve al fondo de los sótanos, muelas arrastradas por caballos ciegos. Aquí en el fulgor tenue tembloroso y rojizo de la vela, así se despertaba un caballo ciego para que arrastrase su muela.

—¡Eh, sargento!

Soltó un suspiro, pesado como una ola, y se revuelve lentamente, hecho un bloque, hacia nosotros, enseñándonos una cara de dormilón, pero dolorosa. Sus ojos estaban cerrados y sus labios, que echaban una burbuja de aire del suspiro, quedarían entreabiertos como los de un ahogado.

Nos sentamos en su cama, asistiendo sin decir palabra a ese despertar trabajoso, porque el hombre se agarraba, con los puños que abría y cerraba, a profundos submarinos y a no sé qué algas negras. En fin, después de suspirar otra vez, se revolvió de nuevo, escapándosenos pegado a la pared, con la obstinación de una bestia que no quiere, que no quiere morir, y que, cabezona, da la espalda al matadero.

—¡Eh! ¡Sargento!

De nuevo fue llamado desde el fondo de los mares, vuelve a nosotros, y su cara emergió de nuevo al tenue fulgor de la vela. Pero esta vez aherrojamos al dormilón: ya no se nos escaparía más. Sus párpados se plegaban, removió su boca, se pasó una mano por la frente, hizo un esfuerzo para entrar en los sueños dichosos, por rehusar a nuestro universo de dinamita y de noche helada, pero era demasiado tarde. Algo que venía de afuera se imponía. Así la campana del colega despierta lentamente al niño apenado. Había olvidado el pupitre, la pizarra y la tarea puesta como castigo. Soñaba con ese día de vacaciones y lo festejaba, como los demás, del paseo y de las risas... Intento salvar esta pobre felicidad tanto tiempo como me sea posible. Él intenta enrolar en las olas de ese sueño donde tiene el derecho de creerse dichoso, pero el timbre sigue sonando y lo trae, inexorable, a la injusticia de los hombres.

Semejante a él, el sargento volvía a tomar por su cuenta ese cuerpo gastado por el cansancio, ese cuerpo que no quería y que, en el frío despertar, conocería dentro de poco esos tristes dolores de las coyunturas y además el peso de los tirantes de cuero, y además esa pesada carrera del morir, la suciedad de la sangre, en la que se moja la mano para levantarse, la liga que ese sirope que coagula. No tanto la muerte sino el calvario del niño castigado.

Y, uno a uno, estiraba sus miembros, encogiendo el codo, alargando esa pierna, los pies trabados para las últimas brazas en el sueño por el correaje, el revólver, las cartucheras, las tres granadas colgadas en la cintura, contra las que se había quedado dormido. Al fin, abrió lentamente los ojos, se sentó en su cama, nos miró con fijeza diciendo:

—¡Ah! sí... Es la hora.

Alargó simplemente su brazo hacia el fusil.

—No, el ataque ha sido anulado.

—Sargento R..., soy testigo que te hacíamos don de la vida.

Simplemente. También plenamente como al pie de la silla eléctrica. Y sabe Dios si se vierte tinta sobre lo patético que es el recurso a la gracia, al pie de una silla eléctrica. Ahora bien, te lo traemos, el recurso a la gracia *in extremis*, puesto que ya no había más, en tu idea, entre la muerte y tú, que el espesor de un tabique. Entonces perdona mi curiosidad: te he mirado. Y nunca olvidaré tu cara. Una cara emocionante y fea, con esa nariz algo demasiado grande, encorvada, esos pómulos salientes, y esas gafas de intelectual. ¿Cómo se recibe el don de la vida? Te lo voy a decir. Uno se queda sentado, saca el tabaco del bolsillo, y mueve lentamente la cabeza mirando al suelo. Después pronuncia:

—Me gusta tanto esto.

Menea la cabeza y agrega:

—Si nos hubiesen enviado tres o cuatro brigadas de refuerzo, y que hubiese tenido sentido, este ataque, entonces sí que tú hubieras visto aquí el entusiasmo...

—Sargento, sargento... ¿Qué haces con el don de la vida?

Ahora mojas el pan en tu café, sargento pacífico, y lías cigarrillos, te pareces al niño a quien se le ha perdonado el castigo. Y sin embargo, al igual que tus camaradas, estás preparado para volver a empezar esta misma noche y dar algunos pasos después de los cuales sólo queda arrodillarse. Y yo doy y vuelvo a dar vueltas en mi cabeza la pregunta que, desde ayer, me gustaría hacerte:

–Sargento, ¿porqué aceptas morir?

Pero yo sé muy bien que esta pregunta es imposible de formular. Chocaría con un pudor que ella misma ignora pero que no se perdonaría. ¿Cómo responderías tú, con grandes palabras? Te parecerían falsas y son falsas. ¿De qué lenguaje dispondrías para expresarte, tú, púdico? Yo estoy decidido en saber y exoraré la dificultad. Te plantearé pequeñas preguntas que tendrán el aire de nada…

–En el fondo, ¿por qué has ido?

En el fondo, sargento, si he comprendido bien tu respuesta, tú mismo la ignoras. Contable en algún lugar de Barcelona, extraño a la política, tú alineabas cifras sin preocuparte mucho de la lucha contra los rebeldes. Pero un camarada se alistó, y luego un segundo y tú experimentaste con sorpresa una extraña transformación: poco a poco, tus ocupaciones te parecieron fútiles. Tus placeres, tu trabajo, tus sueños, todo ello pertenecía a otra edad. Allí no residía lo importante. Te llegó la noticia de que mataron a uno de los vuestros cerca de Málaga. No se trataba en absoluto de un amigo que vosotros hubieseis deseado vengar, y sin embargo esa noticia pasó sobre vosotros, sobre vuestros estrechos destinos, como una ráfaga de viento marino. Un camarada te ha mirado esa mañana: "¿Vamos? ¡Vamos! Y os habéis "ido".

Tú ni tan siquiera te sorprendiste por esa imperiosa llamada, que te constriñó a marchar. Aceptas una verdad que no has sabido traducir en palabras, pero cuya evidencia te ha sobrecogido. Y, mientras que escucho ese simple relato, me vino a la mente una idea que primero guardo para mí.

Me vino una imagen.

Cuando pasan los patos o las ocas salvajes en época de migraciones, una extraña marea se levanta sobre los territorios que dominan. Los pájaros domésticos, como imantados por el gran vuelo triangular[21], ponen en marcha un salto inhábil que fracasa a los pocos pasos. La llamada salvaje ha despertado en ellos, con el rigor de un arpón, no sé qué vestigio salvaje. Y ahí están los patos de la granja convertidos por un minuto en pájaros emigrantes. Y hete ahí que en esa dura cabecita, donde circulaban humildes imágenes de charcas, de gusanos, de gallineros, se desarrollan las de extensiones continentales, el gusto de los vientos de alta mar y la geografía de los mares. Y el pato titubea de derecha a izquierda en su cercado de alambre, atrapados por esa súbita pasión de la que no sabe hacia dónde le tira y de ese gran amor del que siempre ignorará el objeto.

Así, el hombre, que una evidente incógnita le conmueve, descubre en su vanidad sus ocupaciones de contable como también las dulzuras de su vida doméstica. Pero no sabe dar un nombre a esa verdad soberana.

Para explicar tales vocaciones, nos hablan de necesidad de evasión o del gusto por el riesgo, como si no fuese ese gusto del riesgo o esa necesidad de evasión que habría primeramente que aclarar. Se invoca también la voz del deber, pero ¿cómo es que sea tan apremiante?

---

21 Figura retórica para designar el triángulo que hacen los patos y las ocas en formación de vuelo cuando emigran. (Nota del traductor).

¿Qué has comprendido tú, sargento, cuando fuiste perturbado en tu paz?

Esa llamada, que te ha turbado, atormenta sin duda a todos los hombres. Se llame el sacrificio, la poesía o la aventura, la voz es la misma. Pero la seguridad doméstica ha ahogado en nosotros la parte que podríamos entender. Apenas nos estremecemos, damos dos o tres aletazos y volvemos a caer en nuestro corral. Somos razonables. Tememos perder las pequeñas presas por una gran sombra. Pero tú, sargento, tú descubres en su lazareto esas actividades de tenderos, esos pequeños placeres, esas pequeñas necesidades. Aquí ya no viven los hombres. Y tú aceptas obedecer la gran llamada sin comprenderla. Ha llegado la hora, debes cambiar, debes tomar tu envergadura.

El pato doméstico ignoraba que su cabecita fuese lo bastante grande como para contener océanos, continentes, cielos, pero ahí está batiendo las alas, desprecia el grano, desprecia los gusanos, y quiere volverse pato salvaje.

Cuando llega el día en que las anguilas deben volver al mar de los Sargazos, ya no las puedes retener. Ellas se mofan de su confort y de su paz y de las aguas tibias[22-23]. Ellas hacen camino en sus laboríos, se desuellan en los setos, se despellejan en las piedras. Buscan el río que las conduce al abismo.

Así te sientes arrebatado en esa migración interior de la que nadie te ha hablado. Estás dispuesto a las nup-

---

22 Se refiere a las aguas de los ríos que suelen ser menos frías que las del mar *océano*. (Nota del traductor).
23 Tropo con el que Saint Exupéry quiere significar a aquellos que se sienten seguros en su lugar, por no ser inconveniente ni peligroso. (Nota del traductor).

cias de las que ignoras todo, pero a las que es necesario responder: "¿Vamos? ¡Vamos!." Y has ido a ellas. Te has marchado en dirección de un frente de guerra del que nada sabías. Necesariamente te has puesto en camino, parecido a ese pueblo de plata que reluce, a través de los campos, en marcha hacia el mar, donde como en el cielo, ese triángulo negro.

¿Qué buscabas? Esa noche, tú estabas al borde... ¿Qué has descubierto en ti que estaba tan cerca de aparecer? Tus compañeros, al alba, se quejaban: ¿De qué han sido frustrados?

¿Qué han descubierto en ellos que iba a mostrarse, y qué lloran? Qué me importa saber si esa noche, o no, han tenido miedo. Qué me importa saber si ellos deseaban o no que anularan el naufragio. Incluso si ellos estaban dispuestos a huir. Puesto que no han huido. Puesto que aceptan, la próxima noche, volver a empezar. Hay marchas de pájaros emigrantes que se empeñan volar con viento contrario hacia el océano. Y el océano se hace demasiado ancho para su vuelo, y no saben si abordarán la otra orilla. Pero en su cabecita hay imágenes de sol y de arena, que mantienen en ese vuelo. ¿Cuáles son las imágenes, sargento, que gobernaban tu destino, que para ti valían arriesgar tu cuerpo en la aventura?

Tu cuerpo, tu única riqueza. Hay que vivir mucho tiempo para devenir hombre. Se trenza lentamente la red de las amistades y de las ternuras. Se aprende lentamente. Se compone lentamente su obra. Y si uno se muere demasiado pronto ha frustrado su provisión. Hay que vivir mucho tiempo para realizarse.

Pero tú, bruscamente te has descubierto, al favor de la prueba nocturna que te ha despojado de todo accesorio, un personaje que proviene de ti y que desconocías.

Tú lo descubres grande y ya no sabrías olvidarlo. Y ése eres tú mismo. De repente, tienes el sentimiento que realizas en ese instante mismo y que el porvenir te es menos necesario para acumular riquezas.

Aquel que ha desplegado sus alas, ya no está atado a los bienes perecederos, el que acepta morir por todos los hombres, el que penetra en no sé qué de universal. Un gran soplo pasa por él. Ahí está liberado de su ganga, el señor adormecido que tú abrigabas: el hombre. Tú eres igual que el músico que compone, que el físico que hace progresar el conocimiento, de todos los que construyen esas rutas que nos liberan. Ahora tú puedes correr el riesgo de morir. ¿Qué vas a perder? Si eras feliz en Barcelona no malgastes tu felicidad. Has alcanzado una altura donde todos los amores sólo tienen una medida común. Si sufrías, si estabas solo, si ese cuerpo ya no tenía refugio, es que eres recibido por el amor.

(Tres artículos publicados en Paris-Soir los días 2, 3 y 4 de octubre de 1938, tras los acuerdos de Munich de 1938).

¿La paz o la guerra?

Para curar un malestar, hay que aclararlo. Y, ciertamente vivimos un malestar. Hemos elegido salvar la paz. Pero, salvando la paz, hemos mutilado a amigos. Y, sin duda, muchos de entre nosotros estaban dispuestos a arriesgar su vida por los deberes de la amistad. Ellos conocen una especie de vergüenza. Pero, si hubieran sacrificado la paz, conocerían la misma vergüenza. Pero entonces, de haber sacrificado al hombre: habrían aceptado el irreparable hundimiento de las bibliotecas, de las catedrales, de los laboratorios de Europa. Habrían aceptado minar sus tradiciones, habrían aceptado convertir el mundo en una nube de cenizas. Y es por lo que hemos oscilado de una opinión a otra. Cuando la paz nos parecía amenazada, descubríamos la vergüenza de la guerra. Cuando la guerra nos parecía evitada, experimentaríamos la vergüenza de la paz.

No debemos dejarnos llevar a ese asco nuestro: ninguna decisión no lo fuera evitado. Es necesario serenarnos y buscar el sentido de tal asco. Cuando el hombre tropieza con una contradicción tan profunda, es que ha planteado mal el problema. Cuando el físico descubre que la tierra arrastra, en su movimiento, el éter donde la luz se mueve, y cuando, al mismo tiempo descubre que ese éter está inmóvil, no renuncia a la ciencia, cambia de lenguaje y renuncia al éter. Para descubrir donde reside ese malestar, es necesario, sin duda, dominar los acontecimientos. Es necesario, durante algunas horas, olvidar a los Sudetes[24]. Estamos ciegos, si miramos demasiado cerca. Nos es necesario reflexionar un poco sobre la guerra, puesto que, a la vez, la rehusamos y la aceptamos.

★

Sé qué reproches me dirigirán. Los lectores de un periódico reclaman reportajes concretos, no reflexiones. Las reflexiones son buenas para las revistas o para los libros. Pero, sobre esto, yo tengo otra opinión.

Tengo siempre ante los ojos la imagen de mi primera noche en suelo argentino. Una noche de tinta[25]. Pero, en esa nada, de vaguedades luminosas como las estrellas, las luces de los hombres en el llano.

Cada estrella significaba que en plena noche, allí abajo, se reflexionaba, se leía, se perseguía confidencias. Cada estrella, como un farol, señalaba la presencia de una consciencia humana. En aquella quizá se meditaba sobre la felicidad de los hombres, sobre la justicia, sobre la paz.

---

24 Alemanes establecidos en la antigua Checoslovaquia (de 1924 a 1945), lindando con Bohemia, que fue el teatro de un amplio traslado de la población de origen alemán a Alemania. (Nota del traductor).
25 Metáfora del mar de nubes negras que Saint-Exupéry, encontraba volando en las noches tormentosas.

Perdida entre ese rebaño de estrellas, era la estrella del pastor[26]. En esa otra se entraba en comunicación con los astros, uno se consumía en cálculos sobre la nebulosa de Andrómeda. En otro lugar, se amaba. Por doquier ardían esos fuegos de campiña, que reclamaban su alimento, hasta los más humildes. El del poeta, del instructor, del carpintero. Pero, entre esas estrellas vivas, también ventanas cerradas, cuántas estrellas apagadas, cuántos hombres adormecidos, cuántos fuegos que ya no daban más su luz, por falta de ser alimentados.

Poco importa que el periodista se equivoque en sus reflexiones, nadie es infalible. Que no penetre en todos esas moradas, poco importa, son las moradas en las que se velas que dan el sentido a un territorio. El periodista ignora quienes son los que comunicarán con él, pero poco importa, él espera cuando echa sarmientos al viento mantener algunos de esos fuegos que queman de tanto en cuando en la campiña.

---

26 La estrella matutina y vespertina: Venus. (Nota del traductor).

Hombre de guerra, ¿quién eres?

El horror no prueba nada

Las jornadas que hemos vivido delante de los altavoces, eran muy pesadas. Eran como una espera de contratación de obreros delante de un portalón de hierro de una fábrica. Los hombres, agrupados para oír hablar a Hitler, se veían ya amontonados en los vagones de mercancías, repartidos detrás de herramientas de acero, al servicio de la fábrica en que se ha convertido la guerra. Ya, como enrolados en el gigantesco trabajo fatigoso, el investigador renunciaba a los cálculos que le permitían comunicar con el universo, el padre renunciaba a las sopas de la cena que perfuman la casa y el corazón, el jardinero, que había vivido para una nueva rosa[27], aceptada de no

____

27 Clara alusión a la rosa que brotó espontánea en el jardín y los jardineros cuidaban con cariño y esmero (Tierra de los hombres). (Nota del traductor).

embellecer la tierra. Ya estábamos todos desarraigados, confundidos y tirados a granel bajo la muela del molino.

No a causa de un sacrificio, pero por abandono a lo absurdo, ahogados en las contradicciones que no sabemos resolver, descorazonados por la incoherencia de acontecimientos que ningún lenguaje aclara, admitíamos obscuramente el sangrante drama que nos fue impuesto, en fin, simples deberes.

Por lo tanto sabíamos que toda guerra, desde que se trata con el torpedo y la iperita, sólo conduciría al derrumbamiento de Europa. Pero somos poco sensibles, menos de lo que se imagina, a la descripción de un cataclismo. Cada semana asistimos, desde nuestra butaca de cine, a los bombardeos de España o de China. Sin sentirnos estremecidos, podemos oír los golpes que hieren a las ciudades en sus profundidades. Admiramos las franjas de canalones de hollín y de cenizas que esas tierras de volcanes suministran lentamente hacia el cielo. ¡Y, sin embargo! Es el grano de los graneros, son los tesoros familiares, la herencia de generaciones, es la carne de los niños quemados que, dilapidados en humos, engrasan lentamente este cúmulo negro.

Yo las he recorrido en Madrid las calles de Argüelles, cuyas ventanas, parecidas a ojos reventados, sólo encerraban cielo blanco. Solamente los muros habían resistido y, detrás de esas fachadas fantasmas el contenido de las seis plantas había sido reducido a cinco o seis metros de escombros. De hecho en la base, los suelos de roble macizo sobre los que generaciones habían vivido su larga historia familiar, o la sirviente, al igual que la tormenta, estiraba, quizá, las sábanas blancas para servir al reposo de la noche y del amor, donde las madres, tal vez, ponían sus manos frescas sobre las ardorosas frentes de los niños enfermos, o el padre meditaba el invento de mañana, esos fundamentos que cada cual pudo creer eternos, de golpe, en la noche, habían basculado como volquetes, y vertido su carga en la barranca fangosa.

Pero el horror nunca pasa la rampa, y bajo nuestros ojos, en la indiferencia de los espectadores, los torpedos de avión vuelan sin ruido, en la vertical, como sondas hacia moradas vivas que vaciarán de sus entrañas.

Yo no quiero indignarme por ello, aquí nos hace falta la clave de un lenguaje. Somos los mismos hombres que aceptaríamos arriesgar la muerte por un solo minero enterrado o por un niño desesperado. El horror no prueba nada. Yo apenas creo en la eficacia de las reacciones animales. El cirujano visita el hospital y no conoce la angustia que el espectáculo del sufrimiento desencadena en las chicas. Su piedad, de distinto modo, pasa por encima de esa úlcera que va a curar. Él palpa y no oye las quejas.

Así a la hora del parto, cuando se despiertan los gemidos, un gran fervor sacude la casa. Son pasos precipitados en el vestíbulo, preparativos, llamadas, y nadie se asusta de esos gritos que la joven madre, ella, olvidará y que se enquistarán en la memoria, que no cuentan. Y sin embargo se retuerce y sangra. Y nudosos brazos la sujetan, brazos de verdugos, que ayudan a la expulsión del fruto, que arrancan la carne de la carne. Pero uno se afana; pero se sonríe. Pero se cuchichea: "Todo va bien". Se prepara una cuna; se prepara un baño tibio; se corre bruscamente hacia la puerta; se ríe a carcajadas, y se grita: "El cielo sea bendecido, ¡es un niño!".

Si solamente disponemos de descripciones del horror, no tendremos razón contra la guerra, pero no tendremos razón si nos contentamos con exaltar el dolor de vivir y la crueldad de los duelos inútiles. Hace miles de años que se habla de las lágrimas de las madres. Hay que admitir que ese lenguaje no impide a los hijos morir.

La salvación no la encontraremos en el razonamiento. Las muertes más o menos numerosas... ¿A partir de qué número son aceptadas? No fundaremos la paz sobre esta miserable aritmética. No diremos: "Sacrificio necesario... Grandeza y tragedia de la guerra...". O, más bien no diremos nada. No poseemos el lenguaje que nos permita desenredarnos sin razonamientos complicados, entre esos diferentes muertos. Y nuestro instinto y nuestra experiencia nos hacen desafiar razonamientos: se demuestra todo. Una verdad, no es en absoluto lo que se demuestra, es lo que simplifica el mundo.

Nuestro tormento es un viejo tormento, tan viejo como la especie humana. Ha presidido los progresos del hombre. Una sociedad evoluciona y aún se intenta aprehender, por medio del instrumento de un lenguaje periclitado, las realidades presentes. Valedero o no, somos prisioneros de un lenguaje y de las imágenes que arrastra. El lenguaje se hace insuficiente, poco a poco, contradictorio: nunca son las realidades. Cuando el hombre forja un nuevo concepto, solamente entonces se libera. La operación que hace progresar no es en absoluto la que consiste en imaginar un mundo futuro: ¿Cómo habremos de tener en cuenta las contradicciones inesperadas que nacerán mañana de nuestras primicias, e, imponiendo la necesidad de nuevas síntesis, cambiarán la marcha de la historia? El mundo futuro escapa al análisis. El hombre progresa forjando un lenguaje para pensar el mundo de su tiempo. Newton no ha preparado el descubrimiento de los rayos X previendo los rayos X. Newton ha creado, para describir los fenómenos que él conocía, un lenguaje simple…Y los rayos X, de creación en creación, de ellos salieron. Cualquiera otra diligencia es utopía.

No busquéis qué medidas salvaron al hombre de la guerra. Díganse: "¿Por qué hacemos la guerra, puesto que al mismo tiempo sabemos que es absurda y monstruosa? ¿Dónde se aloja la contradicción? ¿Dónde se aloja la verdad de la guerra, una verdad tan imperiosa que domina al hombre y a la muerte?". Si llegamos a saberlo, entonces no nos abandonaríamos más, como a mayor razón, a la ciega fatalidad. Entonces, solamente, seremos salvados de la guerra.

Ciertamente, ustedes me pueden contestar que el riesgo de la guerra reside en la locura del hombre. Pero ustedes renuncian al mismo tiempo a su poder de comprensión. También podrían afirmar: la guerra gira en torno al sol porque esa fue la voluntad de Dios. Tal vez. ¿Pero por qué ecuaciones se traduce esa voluntad? ¿En qué lenguaje claro podemos traducir esa locura, y de ese modo librarnos de ella?

Me parece también que los instintos salvajes, la rapacidad o el gusto de la sangre son claves insuficientes. Es descuidar lo que es tal vez lo esencial. Es olvidar todo ascetismo que rodea los valores de guerra. Es olvidar el sacrificio de la vida. Es olvidar la disciplina. Es olvidar la fraternidad en el peligro. Es olvidar, a fin de cuentas, todo los que nos hiere en los hombres de guerra, en todos los hombres de guerra que han aceptado las privaciones y la muerte.

El año pasado, visitaba el frente de Madrid y me parecía que el contacto que con las realidades de la guerra era más fértil que los libros. Me parecía que sólo del hombre de guerra, era posible sacar información sobre la guerra.

Pero, para hallarlo en lo que hay en él de universal, es necesario saber a qué bando pertenece y no discutir las ideologías. Los lenguajes arrastran tan inextricables contradicciones que hacen desesperar de la salvación del hombre. Franco bombardea Barcelona, porque Barcelona, dice, ha asesinado en masa a religiosos. Franco protege los valores cristianos. Pero el cristiano asiste, en nombre de esos valores cristianos, en la Barcelona bombardeada, a carnicerías de mujeres y de niños. Y no comprende nada. Ustedes me dirán que son las tristes necesidades de la guerra... La guerra es absurda. Sin embargo hay que escoger un bando. Me parece que primero es absurdo un lenguaje que obliga a los hombres a contradecirse.

No objeten para nada la evidencia de sus verdades, ustedes tienen razón. Y tiene razón aquel que arroje las desgracias del mundo sobre los que fastidian. Si declaramos la guerra a los que fastidian, si ponemos de moda a una raza de los que joroban, pronto aprenderemos a exaltarnos. Todas las villanías, todos los crímenes, todas las prevaricaciones de los que joroban, lo pondremos en su descrédito. Así haremos justicia. Y, cuando ahoguemos en su sangre a un pobre fastidioso inocente, alzaremos tristemente los hombros: "Esos son los horrores de la guerra... Él paga por los demás... paga por los crímenes de los que joroban... Porque ciertamente los fastidiosos cometen crímenes".

Olvídense pues de las divisiones que una vez admitidas, arrastran todo un Corán de verdades inquebrantables y del fanatismo que de él fluye lentamente. Se puede poner en orden a los hombres en hombres de derechas y hombres de izquierdas, en provocadores y no provocadores, en fascistas o en demócratas, y esas distinciones son inatacables; pero la verdad, ustedes lo saben, es aquello que simplifica el mundo y no lo que crea el caos.

Si preguntásemos al hombre de guerra, el que sea, no escuchándolo justificarse en su lenguaje insuficiente sino viéndole vivir, ¿cuál es el sentido de sus profundas aspiraciones?

En la noche, las voces enemigas se llamaban y se respondían de una trinchera a la otra

Al fondo del abrigo subterráneo, los hombres: un teniente, un sargento y tres soldados se pertrechan para patrullar. Uno de ellos que lleva un jersey —hace mucho frío— se me aparece en la sombra, con la cabeza escondida, los brazos mal encajados, removiéndose con la pesadez del oso. Maldiciones ahogadas, barba de las tres de la madrugada, explosiones lejanas... Todo ello compone una extraña mezcolanza de sueño, de despertar y de muerte. Lenta preparación de los ferroviarios que van a tomar el pesado bastón y el viaje. Atrapados en la tierra, pintados por la tierra, mostrando sus manos de jardineros, esos hombres no están en absoluto moldeados para el placer. Las mujeres se apartarían. Pero ellos, se deshacen lentamente de su barro y van a resurgir en las estrellas.

El pensamiento se despierta en la tierra, en esos bloques de barro endurecido, y yo sueño que allá, enfrente, a la misma hora, otros hombres se pertrechan así también y se hacen más gruesos con los mismos jerséis de lana, embebidos con la misma tierra de la que están hechos. Allá, enfrente, la misma tierra despierta también a la conciencia, a través del hombre.

Así, enfrente de ti, se levanta lentamente, teniente, para morir por tu mano, tu propia imagen. Su fe es la tuya. ¿Quién aceptaría morir si no por la verdad, la justicia y el amor de los hombres?

"Los engañamos, o bien engañamos a los de enfrente", me diría usted. Pero yo me mofo bien aquí de los políticos, de los aprovechados y de los teóricos en asamblea de uno u otro de los bandos. Ellos mueven a los demás, sueltan grandes frases y creen que conducen a los hombres. Pero si las grandes frases arraigan como las semillas abandonadas al viento es que había, a lo ancho del viento, tierras rudas, amasadas para soportar el peso de las cosechas. ¿Qué importa el cínico que se imagina echar arena por alimento? ¡son las tierras las que saben reconocer el trigo!

La patrulla se ha formado y avanzamos a través de los campos. Una hierba rasa cruje bajo nuestros pasos, y de vez en cuando tropezamos, en la noche, contra piedras. Yo acompaño hasta el borde de este mundo a los que han recibido por misión bajar hasta el fondo del estrecho valle que aquí nos separa del adversario. Tiene ochocientos metros de ancho. Atrapados bajo el fuego de dos artillerías, en la vertical, los campesinos lo han evacuado. Está vacío, ahogado bajo las aguas de la guerra, un pueblecito, duerme engullido. Sólo lo habitan los fantasmas, porque únicamente quedaron los perros que, sin duda, cazan de día, lastimosas carnes; y de noche, famélicos se asustan. Hacia las cuatro de la madrugada, un pueblito entero que hurla a la muerte hacia la luna que sube, blanca como un hueso. "Vosotros bajad, ha ordenado el comandante, para saber si el enemigo se oculta". Sin duda, el adversario, se ha planteado la misma pregunta, y la misma patrulla se ha puesto en marcha.

Ese comisario, cuyo nombre he olvidado, nos acompaña, pero del que no olvidaré nunca su cara: "Tú los oirás, me dijo. Cuando estemos en la primera línea, interrogaremos al enemigo que ocupa la otra vertiente del valle… A veces habla…".

Lo vuelvo a ver, algo reumático apoyado pesadamente, sobre su bastón nudoso, a ese hombre con máscara de viejo obrero concienzudo. Ése, lo juro, se ha alzado por encima de la política y de los partidos. Ése se ha alzado por encima de las rivalidades profesionales. "Es una lástima, que en la presentes circunstancias, no podamos expresar nuestro punto de vista al adversario…".

Y va, con su pesada doctrina, como un evangelista. Y enfrente, yo lo sé, usted lo sabe bien, está el otro evangelista, esclarecido también por su doctrina, y que destraba de sus gruesas botas el mismo barro, caminando también hacia ese belfo de tierra que dormía en el valle, hacia el promontorio más avanzado, hacia la última terraza, hacia ese grito de interrogación que nos lanzarán al enemigo, como uno se interroga a sí mismo.

Una noche edificada como una catedral y ¡qué silencio! ¡Ni un tiro de fusil! ¿Una tregua? ¡Oh! no. Sino algo que se parece al sentimiento de una presencia. En los dos adversarios, es la misma voz la que se escucha. ¿Fraternización? Seguramente no, si se trata de esa lasitud que, un día, disgrega a los hombres y los inclina a repartirse cigarrillos, y se confunde en el sentimiento de un mismo decaimiento. Intente pues dar un paso hacia el enemigo... Fraternización quizá, pero a tal altura que no comprometa del espíritu más que una parte aún indecible, y aquí, abajo, para nada nos salve de la carnicería... Puesto que lo que nos une, no poseemos aún el lenguaje para decírnoslo.

A este comisario que nos acompaña, creo que lo comprendo bien. ¿De dónde viene con esa cara que mira de frente, que durante mucho tiempo ha mantenido la carreta en el eje? Él ha mirado, con los campesinos de los que él proviene, vivir la tierra. Luego se marchó a la fábrica y ha visto vivir a los hombres. "Metalúrgico. Durante veinte años he sido metalúrgico...". Nunca he oído confidencias más grandes que las de ese hombre: "Yo, un hombre rudo... Me ha costado mucho formarme... Las herramientas... ya lo ves, yo conocía muy bien su manejo, yo sabía hablar con ellas, yo sentía lo justo... Pero cuando quería exponerme las cosas, las ideas, expresarlas a los demás... Vosotros, que estáis habituados a abstraeros... Vosotros, a los que de pequeños, os han entrenado a evolucionar en las contradicciones verbales, no podéis imaginar lo duro que es eso: ¡Abstraerse! Yo he trabajado, trabajado... Sentía que poco a poco me anquilosaba... ¡Oh! No creo saber juzgarme... aún soy un hombre rústico, aún no he aprendido a ser cortés, y la cortesía ¿ves? juzga al hombre...".

Escuchándolo, yo veía, esta escuela del frente instalada al abrigo de algunas piedras, como un villorrio primitivo. Un cabo, allí, enseñaba botánica desmontando con sus manos una amapola, mezclaba a sus barbudos discípulos a los dulces misterios naturales. Y los soldados mostraban una ingenua angustia: hacían tantos esfuerzos por comprender, tan viejos como eran. ¡Tan endurecidos por la vida! Les habían dicho: "Sois unos brutos, apenas si salís de vuestras madrigueras, hay que atrapar a la humanidad…". Y ellos se apresuraban, con pasos lerdos, para unirse a ellos.

De ese modo asistía a la ascensión de la consciencia, parecida a una subida de savia, que, nacida del barro, en la noche de la prehistoria, se había elevado poco a poco hasta Descartes, Bach o Pascal, esas altas cimas. Contado por ese comisario era patético ese esfuerzo por abstraerse. Esa necesidad de crecer. Así sube un árbol. Ahí reside el misterio de la vida. Sólo la vida saca del suelo esos materiales, y, contra la gravedad, los eleva.

¡Qué recuerdo, esa noche en la catedral…! El alma del hombre que se muestra con sus ojivas y sus flechas… El enemigo que nos preparamos para interrogarlo, y nosotros, caravana de peregrinos, que caminamos sobre una tierra crujiente y negra, sembrada de estrellas[28].

Sin saberlo estamos a la búsqueda de un evangelio que sobrepasa a nuestros evangelios provisionales. Hacer derramar mucha sangre de hombres. Estamos en marcha hacia un Sinaí tormentoso.

Ya estamos allí, nos hemos tropezado con un centinela entumecido, somnoliento, que se refugia al abrigo de un pequeño muro de piedra: "Si, a veces responden… Algunas veces, son ellos los que llaman. Otras veces no responden. Depende de cómo se sientan de lunáticos…"

… Así son los dioses.

---

28 Como vemos, Saint-Exupéry gusta mucho emplear bellas metáforas para con ellas significar mejor su sentimiento. (Nota del traductor).

Las trincheras de las primeras líneas serpentean cien metros detrás de nosotros. Esos muros bajos que protegen al hombre, hasta el pecho, son puestos de vigía, abandonados durante el día, están inclinados sobre el abismo. Parece que estuvieran acostados como sobre un parapeto, una pasarela, delante del vacío y de lo desconocido. Acabo de encender un cigarrillo y, de repente, unas manos potentes me hunden. Alrededor de mí, también ellos se hunden. Al mismo instante, oigo silbar cinco o seis balas, que pasan muy alto y no son seguidas por ninguna otra salva. No es sino una llamada de corrección: no se enciende un cigarrillo frente al enemigo.

Tres o cuatro hombres casi ahogados con mantas, que velaban en la cercanía, se unieron a nosotros:

–Los de enfrente están bien despiertos...

–Sí, ¿pero hablan? Nos gustaría escuchar...

–Hay uno de ellos... Antonio... que a veces habla.

–Hazlo hablar...

El hombre se yergue e infla el pecho, y con las manos en altavoz, lanza con fuerza y lentamente:

–¡An..to...nio...o!

El grito se infla, de repente se desarrolla en el valle...

–Agáchate, me dice mi vecino, a veces, cuando los llamamos, eso los hace disparar...

Nos pusimos al abrigo, con la espalda pegada a la piedra, y así escuchamos. Ningún tiro por respuesta... Nosotros no podríamos jurar que no oímos nada, la noche, toda ella, canta como una caracola.

–¡Eh, Antonio, ¿es que... duermes?

–¡Y el grandullón vuelve a desgañitarse!

–¿Duermes...?

Tú duermes... repite el eco de la otra ribera... Tú duermes, repite todo el valle. Tú duermes, repite toda la noche. Eso lo llena todo. Y nos quedamos de pie con una confianza extraordinaria: ¡No han disparado! Y yo los imagino allí oyendo, escuchando, recibiendo la voz humana. Y esa voz no los subleva puesto que no se apresuran en apretar los gatillos. Ciertamente, se callan, pero cuánto cuidado, qué audiencia expresa ese silencio, puesto que una simple cerilla desencadena el tiroteo. No sé qué semillas invisibles caen a lo largo de las tierras negras, llevadas por nuestra voz. Tiene sed de nuestras palabras como nosotros la tenemos de las de ellos. Pero nosotros ignoramos todo de nuestra sed, sino que se expresa, con evidencia, en esta audiencia. No obstante, ellos dejan el dedo en el gatillo, y yo vuelvo a ver a esas fierecillas que intentábamos amansar, domesticar, en el desierto[29]. Ellas nos miraban. Ellas nos escuchaban. Esperaban recibir de nosotros su alimento, y, sin embargo, al menor gesto, hubieran saltado sobre nuestra garganta.

Nos resguardamos bien, con las manos puestas sobre el muro, encendemos una cerilla. Tres balas intentan golpear a la breve estrella.

¡Ay! esa cerilla imantada... Eso quiere decir: "¡Estamos en guerra, no lo olvidéis! No obstante os escuchamos. Ese rigor no pone dificultad al amor...".

Alguien empuja al grandullón.

Tú no sabes hacerles hablar, déjame decirle...

El rudo campesino depone el fusil contra la piedra, inspira hondo y suelta:

―――――――――――――

29 Se refiere a los zorritos (los fénecs) que trataban domar en el Sahara. (Véase in "Citadelle". (Nota del traductor).

–¡Soy yo, León...¡Antonio...o!. La voz se lanza alocada.

Nunca he oído a una voz irse huyendo de ese modo. En el abismo negro que nos separa, es como botar un navío. Ochocientos metros de una ribera a la otra y otro tanto para volver: mil seiscientos. Si nos responden, tardará cerca de cinco segundos entre nuestras preguntas y las respuestas. Cada vez pasarán cinco segundos de un silencio en el que toda vida estará en suspenso. Será como una embajada de viaje. Así, incluso si nos contestan, no tendríamos la sensación de estar juntos unos a otros.

Entre ellos y nosotros se interpondrá la inercia de un mundo invisible puesto en movimiento. La voz se ha soltado, transportado, y aborda la otra ribera... Un segundo... Dos segundos... Parecemos náufragos que han lanzado su botella al mar... Tres segundos... Cuatro segundos... Parecemos náufragos que ignoran si van a responder salvadores... Cinco segundos...

–¡Eh!

Una voz lejana viene a morir en nuestra ribera. La frase se ha perdido en el camino; sólo subsiste un mensaje indescifrable. Y yo lo he recibido como un golpe. Estamos perdidos en la oscuridad primero impenetrable, y de repente, iluminada por un ¡Eh!

–¡Bateleros...!

Un fervor estúpido nos sacude. Descubrimos una evidencia. ¡Ante nosotros hay hombres! ¿Cómo lo explicaría yo? Me parece que se acaba de abrir una fisura invisible. Imaginen una casa, con todas las puertas cerradas. Y, hete aquí, que en la oscuridad os ha rozado un soplo de aire frío. Uno sólo. ¡Qué presencia!

Recuerdo a la falla de Chèzery[30]; una grieta negra perdida en los bosques, de un metro o dos de ancho, sobre treinta metros de largo. Poca cosa. Uno se tiende boca abajo sobre agujas pinariegas, y, de la mano, en esa fisura sin relieve, se deja caer una piedra. Nada responde. Pasa un segundo, dos segundos, tres segundos, y después de esa eternidad al fin se apercibe un débil gruñido que trastorna tanto o más o más cuanto que es más tardío, más débil, ahí, bajo el vientre. ¡Qué abismo! Así, esa noche, un eco retrasado acaba por construir un mundo. El enemigo, nosotros, la vida, la muerte, la guerra, nos expresamos por algunos segundos de silencio.

De nuevo, una vez desencadenada esa señal, ya puesto en movimiento el navío, una vez despachado a través del desierto, esa caravana, esperamos. Y, sin duda, enfrente como aquí, alguien se prepara para recibir a esa voz que llega como una bala al corazón. He aquí al eco de vuelta:

"... hora... hora de dormir".

Ella nos llega mutilada, desgarrada, como un mensaje urgente, pero salado, lavado, desgastado por el mar. Qué consejos maternos esos que echan al vuelo nuestros cigarrillos, han exhalado a pleno pulmón:

–¡Callaos... Acostaos... Ya es hora de dormir!

Un ligero escalofrío nos agita. Sin duda creerían, esos hombres simples, que es un juego. En su pudor, eso es lo que les habrían explicado. Pero el juego siempre

---

30 La Chèze, pueblo de Brieuc en Côtes du Nord (Francia). (Nota del traductor).

esconde un sentido profundo, si no ¿de dónde provendría la angustia, el placer y el poder del juego? El juego al que quizá pensábamos jugar respondía demasiado bien a esta noche de catedral, a esta marcha de Sinaí, que nos hacía latir demasiado fuerte el corazón como para responder a algún deseo sin formular. Nos exaltaba esa comunicación al fin restablecida. De ese modo se estremecía el físico cuando la experiencia crucial está en la marcha y va a pesar la molécula. Va a notar una constante entre cien mil, pareciera como si solamente va a agregar un grano de arena al edificio de la ciencia, y sin embargo el corazón le late, porque no sólo se trata de un grano de arena. Tiene un hilo. Tiene el hilo mediante el cual traemos, tirando de él, el conocimiento del universo, porque todo está unido. De ese modo se estremecen los salvadores cuando lanzan su beta, el cabo, une vez, veinte veces... Y constatan gracias a una imperceptible sacudida que los náufragos al fin lo han asido. Allí había un pequeño grupo de hombres perdidos en la bruma, en los arrecifes, aislados del mundo. Y ahí están atados por un hilo de acero, ligados a todos los hombres y a todas las mujeres de todos los puertos. Aquí hemos tendido durante la noche, una ligera pasarela, y ella une, la una a la otra, las dos riberas del mundo. Aquí nos casamos con nuestros enemigos antes de morir.

Pero es tan ligera, tan frágil, ¿qué podemos confiarle? Una pregunta, una respuesta, demasiado pesadas, y nuestra pasarela zozobra. La urgencia exige. La urgencia solamente exige transmitir lo esencial, de la verdad, de las verdades. Creo oírlo, al que ha tomado bajo su mano la maniobra y que agrupa bajo su responsabilidad, como el timonel; el que deviene nuestro embajador por haber podido hacer hablar a Antonio. Lo veo alzando el busto por encima del muro, con las gruesas manos, grandes, abiertas sobre las piedras, lanza, a todo vuelo, la cuestión fundamental:

—¡Antonio! ¿Por qué ideal te bates?

No lo dude, todavía, en su pudor se excusarían:

—Somos irónicos.... Así ironizamos...

Ellos lo creerán más tarde si se emplean en traducir, en su pobre lenguaje, movimientos que no es de un lenguaje imposible de traducir. Los movimientos de un hombre que está en nosotros, a punto de despertar. Pero es necesario hacer un esfuerzo que los libere.

Ese soldado, que espera un contragolpe, pretendo haber visto su mirada, que se abre a la respuesta con toda su alma, al igual que uno se abre al agua del pozo en el desierto. He ahí, ese mensaje truncado, esa confidencia roída por cinco segundos de viaje como una impugnación por los siglos:

—¡España!

Y oigo:

—...Tú.

Supongo que este interroga a su vez al de allá. Se le responde. Oigo lanzar esta gran respuesta:

—¡El pan de nuestros hermanos!

Así como el asombroso:
—¡Buenas noches, *Amigo*! (sic)[31].
Y, al que le responde, del otro lado de la tierra:
—¡Buenas noches, *Amigo*!

Y todo vuelve al silencio. Sin lugar a dudas, los de enfrente sólo han oído, como nosotros, palabras sueltas. La conversación intercambiada, el fruto de una hora de marcha, de peligros y de esfuerzos, he aquí... No falta de nada. ¡He aquí, tal cual ha sido sopesado por los ecos bajo las estrellas!: "Ideal... España... Pan de nuestros hermanos...".

Entonces, en llegando la hora, la patrulla se puso de nuevo en marcha. Todo comenzó en la inmersión en el pueblo de la cita. Porque enfrente, la misma patrulla era gobernada por las mismas necesidades, se hunde en el mismo abismo. Bajo la apariencia de diversas palabras; esos dos equipos han gritado las mismas verdades... Pero tan alta comunión no excluye morir juntos.

---

31 Sea como fuere es muy interesante y muestra a las claras lo absurdo que fue nuestra Guerra Civil. (He llegado a pensar que ese insólito hecho de hablarse de trinchera a trinchera, habría podido inspirar a Miguel Gila, cuyo personaje militar republicano, hablaba por teléfono con "el enemigo" preguntándole "a qué hora iban a bombardear, que cuantos eran y cuantas municiones tenían y, sobre todo que tuviesen cuidado dónde tiraban pues hirieron a una señora que no era de la guerra y se enfadó mucho... Tenían un sargento que era tan bruto que metió la cabeza en un cañón para ver lo que había dentro, y no la podía sacar...".

- " Mayo" -

MOSCÚ, 1938

Reportero en la

U.R.S.S.

En 1935, a finales de abril, el diario *Paris-Soir*, dirigido por Jean Prouvost, envía a Saint-Exupéry –como reportero– a la Unión Soviética. Su estancia allí se desarrolla al margen del político francés Pierre Laval llegado a Rusia para concluir con Stalin un pacto de asistencia franco-soviético. Después de esta reunión surgió la idea de otro encuentro, esta vez en Alemania a la que asisten, con Hitler, por parte de Italia Benito Mussolini, del Reino Unido Neville Charbelain y de Francia Edouard Daladier; entre ellos firmaron los Acuerdos de Munich, firmado el 30 de septiembre de 1938, en el cual se permite a Alemania ocupar la región de los Sudetes (alemanes establecidos en la antigua Checoslovaquia lindando con Bohemia).

Pero dichos acuerdos suscitaron comentarios tan animados como controvertidos. Algunos esperaban una paz duradera, mientras que otros –los demócratas– denunciaron como una traición al pequeño país amigo permitiendo que Hitler fuese aún más lejos... como sucedió.

Muchos de los grandes escritores de la época consideraron como un deber intervenir en el debate para condenar a Hitler por ese acto de guerra, por esa agresión. Muchos firmaron un telegrama dirigido a los primeros ministros; entre otros citaremos a los escritores franceses Alain, Jean Giono, Henri de Montherlant (que consideraría como lamentable la guerra haciendo un llamamiento a intelectuales para hacer frente común contra el enemigo): François Mauriac, Jules Romain, Georges Bernanos, André Malraux y Louis Aragon...

Saint-Exupéry, a través de su relato de la travesía de Polonia en tren, de las ceremonias para la Fiesta del Trabajo o del accidente del Maximo Gorki, florón de la aviación soviética, sus artículos dan testimonio de la situación política, económica y social en la U.R.S.S.

A finales del año 1935, Saint-Exupéry presiente que la guerra estaba próxima, que el mundo, que Europa se aventuran hacia el gran desastre. Meses antes, efectúa un viaje a Alemania, donde tiene la impresión que está dispuesta a atacar a los países vecinos, a los países fronterizos. El Estado Nacional-Socialista necesita ampliar su tan deseado "espacio vital", su *Lebensraum*.

Saint-Exupéry se ocupa en dar término a su próximo libro: *Terre des hommes,* que fue publicado el 16 de febrero de 1939, después de casi ocho años de silencio editorial. En esa novela da comienzo a su corta biografía. En ella da cuenta de sus experiencias, conoce el espíritu de camaradería que reinaba en la Compañía Aérea Aéropostale, descubre su sed del desierto, del que estuvo a punto de no regresar jamás a causa del grave accidente que le ocurrió, a finales de diciembre de 1935, en el mar de arena entre Libia y Egipto. Aquella experiencia única le inspiraría el cuento humanista que le habría de consagrar como un gran escritor: *El Principito*. Uno de los más leído en todos los tiempos, en todas las lenguas escritas del mundo.

En abril de 1935, como queda dicho, se dedicó a enviar por teléfono sus impresiones sobre la situación en la U.R.S.S.

En 1936, en enero, entregó, en exclusiva, seis artículos al periódico de gran tirada *L'Intransigeant,* agrupados bajo el título: *Le vol brisé, Prison de sable* ("El vuelo quebrantado, Prisión de arena"). Todos ellos fueron anunciados en la primera página, manteniendo en vilo a los lectores de dicho diario. A finales de dicho año 1936, consagró varios artículos a su camarada Jean Mermoz, desaparecido, el 7 de diciembre, en aguas del Atlántico a bordo del "Croix du Sud". Estos artículos fueron publicados en *La vie aérienne, Marianne, Le Flambeau, L'Intransigeant…*

Todo Moscú a la Fiesta

de la Revolución

Anteayer por la tarde, víspera del 1° de Mayo, asistí en las calles, durante parte de la noche, a la preparación de la enorme fiesta.

La ciudad fue transformada en obras públicas. Equipos ornaban los monumentos con luces, banderines y colgaduras escarlatas; unos equipos centraban los proyectores y otros, sobre la plaza Roja, alrededor de volquetes de asfalto, preparaban en la noche sectores enteros de calzadas. Toda la calle estaba animada por ese fervor del trabajo nocturno que se asemeja a un juego, a una danza sorda, a una danza silenciosa alrededor de las luces. Y los banderines rojos colgados de las casas, y que los golpeaba en la base al estar ampliamente desplegados al viento como en las velas y los inflaba, mezclando a esa preparación de fiesta no sé que gusto de regatas, trayendo a esta ciudad no sé qué calor de la partida, de viaje y de horizonte libre.

Hombres y mujeres se entretenían ante los trabajos. Esos hombres y esas mujeres, al día siguiente, en número de cuatro millones, venían a desfilar ante Stalin, y toda la ciudad le rendía homenaje.

Y, como si izáramos contra una pared paneles tan altos como monumentos en los que se recortaba, pintados a brochazos sobre un fondo de fábricas, una cara de contramaestre vigoroso, me fui a pasos lentos a dar una vuelta por ese Kremlim donde, tal vez estuviera dormido o quizá también se hacían otros preparativos.

"¡Circulad!...".

Un servicio de orden, noche y día, vigila en este barrio prohibido donde vive el señor. ¡Cuanta protección alrededor de ese hombre!

No solamente esas murallas y esos centinelas protegen un barrio amurallado en la ciudad, otra ciudad, sino además en el corazón del Kremlim, entre las construcciones negra y oro y las murallas que los encierran, se extienden céspedes inclinados como trampas. Una zona de desierto y de silencio en la que ningún hombre podría escabullirse sin que sin que su paso sea de una estrepitosa evidencia, circunda a Stalin.

Se podría inventar que no existe, puesto que su presencia es invisible.

El hombre que aquí descansa, protegido por su guardia, por esos céspedes y esas murallas, anima sin embargo a Rusia con esa invisible presencia, actúa sobre ella como un fermento, como una levadura. Porque, si el hombre nunca se ve, su imagen fuera se multiplica en las calles de Moscú en más de cien mil ejemplares. No hay un solo escaparate, ningún restaurante, ningún teatro que no lo exponga, ninguna pared donde no reine. Y yo creo adivinar un poco la historia de esta prodigiosa popularidad.

Al principio apareció, me parece, al pueblo ruso como una especie de opresor con métodos despiadados. Stalin pesaba sobre Rusia y los hombres buscaban cómo huir por evasión al extranjero, por pillaje, por el comercio ilícito. Pero Stalin encierra a los hombres en su hambruna a la orden de: "¡Quedaos en vuestro lugar y edificad!...". La hambruna y la miseria son enemigos con los que se acaba pronto trayendo piedras, cavando el suelo...". Así conducía a ese pueblo hacia una tierra prometida y, esa tierra prometida, la hacía nacer en lugar de la antigua tierra desvastada, en vez de un éxodo hacia tierras fértiles o de espejismos de aventuras.

¡Curioso poder! Stalin un buen día decretó que el hombre digno de ese nombre no debía abandonarse y que los rostros sin afeitar eran signos de relajación. Al día siguiente del decreto, capataces en las fábricas, jefes de rango en los almacenes, profesores en las facultades rehusaban el trabajo a los hombres que se presentaban con la barba negra.

—No tuve tiempo, decía el alumno.

—Un buen alumno, respondía el profesor, siempre encuentra el tiempo de honorar a su maestro.

De ese modo, Stalin de un día para otro, regalaba a Rusia caras frescas y rejuvenecidas y sacaba a ese país, de repente, de la mugre.

Y esa fue la consigna tan sugestiva. No he visto en las calles de Moscú a un solo guardia urbano, un soldado, un camarero de café, un transeúnte que no estuviese recién afeitado.

Y se tiene la impresión que la varita mágica del plan, en cuanto tocara la vestimenta, la ciudad aclarará de golpe las calles de Moscú donde las gorras y las ropas de trabajo sigan poniendo una nota gris y triste. Apenas parece paradójico imaginar el día en que Stalin, desde el fondo del Kremlim, decretará que un buen proletario, que se respete, se vista por la tarde. Ese día Rusia, cenará de esmoquin.

Así era el hombre invisible que dormía allí, en el Kremlim, y que, al siguiente día, se manifestara.

Yo ya había aprendido, a mi costa, que no se saca impunemente a un dios de su tabernáculo, porque me rehusaron un sitio de espectador en la plaza Roja. Hubiese sido necesario desembarcar antes en Moscú, porque cada solicitud daba lugar a una encuesta particular, a una severa selección. Yo no tenía tiempo de poner en marcha a toda la máquina administrativa, ni a la embajada, ni a mis amigos, y mis esfuerzos nada pudieron hacer. En un radio de un kilómetro alrededor de Stalin, nadie podía colarse cuyo estado civil y sus antecedentes no hubieran sido controlados, y vueltos a controlar, y por mayor seguridad ser controlado de nuevo, por tercera vez.

Cuando, al alba del 1° de Mayo, quise tomar el aire de la ciudad, hallé cerrada la puerta del hotel y me anunciaron que no se abriría hasta las cinco de la tarde. Los que no tenían tarjeta eran prisioneros.

Erré en el hotel con melancolía, cuando me llegó un ruido de tormenta. Eran aviones. Mil aviones en marcha sobre Moscú, estremece el suelo. Yo sentía sin verlo el peso de esa mano de hierro abrumar con pesadez la ciudad; resolví intentar de nuevo salir y lo conseguí con métodos fraudulentos.

Desemboqué primero en una calle desierta, porque las calles de Moscú se vaciaron de su sustancia. Solamente algunos niños jugaban en la calzada. Levantando los ojos veía el triángulo de acero de las escuadrillas que penetraban en mi estrecho sector visual y penetraban de un punto hacia el otro. El orden rígido de los grupos de aviones daba a cada formación la coherencia de un útil. La lenta progresión de esas masas negras, ese pleno rugir, solemne, inacabable de mil aviones, todo ello formaba un espectáculo tan opresor que nadie logró sustraerse a esa impresión de dominio. Y, como seguían pasando, me adosé a la pared y, con los ojos levantados, miraba algunos minutos, descubriendo que si una de esa escuadrilla vuela, por el contrario, mil aviones pasan como una laminadora.

Habiendo recorrido algunas calles desiertas, habiendo fracasado contra algunos cordones de agentes, al fin caía en una calle viva, una de esas por donde se retiraba hacia la plaza Roja la muchedumbre de manifestantes. Estaba llena en muchos kilómetros, el gentío progresaba poco a poco, inexorablemente, como una lava negra. El paso de un pueblo entero, como el de mil aviones, tiene algo de despiadado como lo es la unanimidad de un jurado. Y ese desfile de ropas negras y apagadas, a pesar de la luz de las banderitas rojas, esta marcha lenta y casi ciega de su fuerza era tal vez más imponente todavía que lo era el paso de los soldados, porque los soldados ejercen un oficio y, acabado éste, vuelven a ser hombres diversos. Esos, estaban cogidos hasta las raíces, en sus ropas de trabajo, en su carne, en su pensamiento. Y los veo avanzar cuando la oleada se inmoviliza.

La pausa dura mucho tiempo; algunas otras calles debían abrirse hacia la plaza Roja como una esclusa, y aquí se esperaba, se esperaba, bajo el frío glacial, puesto que la víspera había nevado de nuevo. Y de repente se produjo una especie de milagro. Ese milagro era el retorno a lo humano, era la división en trozos de esta unidad en individuos vivos.

Aires musicales de acordeón se elevaron. Orfeones, tomados en la multitud para desfilar con todas sus sonoridades, se congregaron en círculos y tocaron también. Y ese gentío, poco a poco, para calentarse a medias, para distraerse a medias, o para celebrar el día festivo, entraba en la danza. Y esas decenas de miles de hombres y de mujeres, en el umbral de la plaza Roja, con el rostro deshelado de repente, con una amplia sonrisa en los labios, danzaba a la ronda. Y la calle, a todo lo largo, tomó de repente una apariencia bonachona, familiar, como una noche de 14 de Julio en un suburbio de París[32].

Un desconocido me interpela, me tiende un cigarrillo; otro me ofrece fuego; la multitud está dichosa.

No se produce ningún remolino, los orfeones ordenaron sus aires musicales, se enderezan las oriflamas; se reajustan los alineamientos. El jefe de un grupo dio golpecitos con su bastón en la cabeza de una manifestante para empujarla hacia su fila. Ese fue el último gesto individual, el último gesto familiar; se volvió a caer en la gravedad, se volvía a tomar la marcha hacia la plaza Roja; el gentío se recobraba, iba a comparecer ante Stalin.

---

32 (1). El 14 de Julio es el día de la liberación de la Bastilla; ese día es el aniversario de la Fiesta Nacional francesa. (Nota del traductor).

De noche, en un tren donde, en medio de mineros polacos repatriados el niño Mozart dormía…

El otro día relaté el 1° de Mayo en las calles de Moscú, donde desembarqué la víspera. Así he cedido a la actualidad. Pero yo hubiera debido contar primero mi viaje. El viaje es una suerte de prefacio que prepara a comprender a un país. Incluso la atmósfera del tren rápido internacional quizá enseñe algo. No es solamente un convoy en marcha, en la noche, en el campo, sino un instrumento de penetración. Hace su camino rectilíneo en una Europa desgarrada por las inquietudes y las cóleras. Y, tan cómoda en apariencia como sea esa penetración, puede que algún signo secreto mostrará sus desgarros.

Es medianoche y echado en la cabina, bajo la pálida luz de una lamparita, me dejo simplemente llevar. Los ejes golpean. A través de los cobres y de las maderas de las paredes recibo el mensaje de esos traqueteos arteriales. Afuera algo se derrama. La calidad del sonido varía. Un puente o una pared rozan contra nosotros. Pero un puente y sus anchas calzadas hacen el silencio cual una cama de arena. Y no sé nada más.

Cientos de viajeros duermen en los coches, llevados como yo con la misma facilidad. ¿Sienten la misma inquietud que yo siento? Lo que voy a buscar, quizá no lo espere. Yo no creo en lo pintoresco. Sin duda he viajado demasiado como para conocer cuanto engaña. Cuanto más nos divierte un espectáculo, y nos intriga, es que aún le juzgamos desde el punto de vista del extranjero. Es que no hemos comprendido su esencia. Ya que lo esencial de una costumbre, de un rito, de una regla de juego, es el gusto que ellos dan a la vida, es el sentido de la vida que ellos crean. Pero si ya poseen el poder, ya no aparecen más como pintorescos, sino como naturales y simples. Por lo tanto, cada cual adivina confusamente la naturaleza profunda del viaje. El viaje se nos aparece a todos un poco como una mujer que camina hacia nosotros. Una mujer perdida en el gentío y que se trata de descubrir. Una mujer que no se distingue en nada de las otras. Pero si abordásemos a mil mujeres, habremos perdido nuestro tiempo en bordear el descubrimiento si no hemos sabido reconocer aquella que era solo vulnerable. Así es el viaje.

Hubiese querido visitar la pequeña patria donde me encerraba por tres días, prisionero por tres días de ese ruido de cantos rodados por el mar, y me he levantado.

Hacia la una de la madrugada he atravesado el tren en toda su longitud. Los coches-cama estaban vacíos. Los coches de primera estaban vacíos. Aquello me recordaba a esos hoteles de lujo de la Riviera[33] que se abrirán todo un invierno para algún único cliente, último representante de una fauna extinta. Signo de los tiempos amargos.

Pero los coches de tercera abrigaban a cientos de obreros polacos despedidos de su trabajo, que regresan a su Polonia. Yo continuaba caminando por los pasillos sorteando los cuerpos. Me paraba para mirar. Apercibía bajo las bombillitas, de pie en esos vagones sin división, parecidos a una cuadra-dormitorio que olía a cuartel o a comisaría, toda una población confusa y mazada por las sacudidas del rápido. Todos, un pueblo hundido en malos sueños y que miraba a la miseria. Gordas cabezas afeitadas rodaban sobre la madera de las banquetas. Hombres, mujeres y niños se revolvían de izquierda a derecha como atacados por todos esos ruidos, todas esas sacudidas que los amenazaban en su olvido. No habían hallado la hospitalidad de un buen sueño. Me parecían casi haber perdido calidad humana, sacudidos de una punta de Europa a la otra por las corrientes económicas, arrancados a la casita del Norte, al minúsculo jardín, a tres macetas de geranios que en otra ocasión observé en las ventanas de los mineros polacos. Solamente reunieron algunos utensilios de cocina, las mantas, las cortinas en paquetes mal amarrados con cuerdas y reventados de hernias. Pero todo aquello que habían acariciado o encantado, todo lo que habían logrado amansar, reunir en cuatro o cinco años de estancia en Francia: el gato, el perro y el geranio, debieron amputárselo y sólo se llevaron consigo la batería de cocina.

---

33 Se refiere a la Riviera del litoral italiano del golfo de Génova, limítrofe con la Costa Azul francesa. (Nota del traductor).

Un niño mamaba de una madre tan cansada que parecía adormilada. La vida se transmitía en lo absurdo y el desorden de ese viaje. Yo miraba al padre: un cráneo pesado y desnudo como una piedra. Un cuerpo plegado en un sueño inconfortable, aprisionado en ropas de trabajo hecho de chichones y de huecos. El hombre parecía un montón de barro. Así, en la noche, personas abatidas que no tienen forma pesan sobre los bancos de los mercados de abastos *les halles*, sic[34]. Y yo pensaba:

"El problema no reside en esta miseria, en esa suciedad ni en esa fealdad. Ese mismo hombre y esa misma mujer se han conocido un día. Y el hombre sonrió, sin duda, a la mujer. Quizá le trajese flores después del trabajo. Tímido y desmañado, temblaba quizá verse desdeñado. Pero la mujer, por coquetería natural, la mujer, segura de su gracia, gustaba de inquietarlo. Y el otro, que hoy no es más una máquina, un zapapico, experimentaba en su corazón una angustia deliciosa. El misterio es que se haya convertido en ese montón de barro. ¿En qué mundo terrible ha pasado marcado por él como por una máquina de embutir? Un ciervo, una gacela un animal envejecido conservan su gracejo. ¿Por qué esa bella pasta humana está estropeada?"

Proseguí mi viaje entre ese pueblo cuyo sueño era tan turbio como un mal lugar. Flotaba un vago ruido hecho de ronquidos raucos, de oscuras quejas, del arrastre de zapatos de los que, rotos por un lado, probaron otro...

Y siempre, en sordina, ese inacabable acompañamiento de cantos revueltos por el mar.

---

34 Les halles son los antiguos mercados de abastos mayoristas de París. (Nota del traductor).

Me senté frente a una pareja. Entre el hombre y la mujer, el niño aunque mal había hecho su hueco y se dormía. Se revolvió en el sueño y su cara apareció bajo la bombillita. ¡Oh! qué cara tan adorable. De esa pareja había nacido una especie de fruto dorado. ¡De esas ropas pesadas había nacido ese triunfo de encanto y de gracia! Me incliné sobre esa frente lisa, sobre esa dulce mueca de los labios y me dije: "¡He aquí un rostro de músico, he aquí al niño Mozart, he aquí una bella promesa de la vida!". Los principitos de leyenda no eran diferentes de él. Protegido, rodeado, cultivado... ¿Qué no podría devenir? Cuando nace por mutación en los jardines una nueva rosa, todos los jardineros se emocionan. Se aísla a la rosa, se cultiva la rosa, se la favorece[35]. Pero no hay jardinero para los hombres. El niño Mozart será marcado como los demás por los hombres. El niño Mozart será marcado por la máquina de embutir. Mozart hará sus más altas alegrías de música podrida en el hedor de los cafés-cantantes. Mozart está condenado...

Me fui a mi vagón, diciéndome:

"Esas gentes no sufren nada por su suerte. Aquí no me atormenta la caridad. No se trata para nada de enternecerse eternamente sobre una herida eternamente abierta. Los que ahí la llevan ni siquiera la sienten. Es algo así como la especie humana, no el individuo, que aquí está herido, que está lesionado. No creo en absoluto en la piedad. Lo que esta noche me atormenta, no es el punto de vista del jardinero".

---

35 Alusión sin duda a uno de los personajes de El Principito. (Nota del traductor).

"Lo que me atormenta, no es en absoluto esta miseria en la que, después de todo, uno se instala tan bien como en la pereza. Generaciones de Orientales viven en la suciedad y se hallan a gusto en ella. Lo que me atormenta, no son esos huecos, ni esos chichones, ni esa fealdad. Es Mozart asesinado en cada uno de esos hombres".

Vuelvo a mi coche. El mozo de cabina me aborda. Titubea en el vaivén seco, bajo la lucecita. Me habla. En los ferrocarriles, de noche, todas las voces parecen confiar secretos. Me pregunta a qué hora deseo que me despierte. Aquí no hay misterio aparente. Por lo tanto, entre este hombre frío y yo, siento todos los espacios vacíos que separan a los hombres. En las ciudades uno se olvida lo que es un hombre. Queda reducido a su función: cartero, vendedor, vecino que molesta. En el fondo del desierto es donde mejor se descubre qué es un hombre. Hemos caminado mucho tiempo después de la avería de avión hacia el fortín de Nuakchott[36]. Se le espera cuando se abrían los espejismos de la sed[37]. Allí se encuentra a un viejo sargento, perdido en la arena desde hace meses, y tan emocionado que llora. También se llora. Y se abre una noche inmensa en la que cada uno cuenta su vida, dona al otro todo el peso de sus recuerdos en los que se descubre parentescos humanos. Dos hombres se han encontrado y se homenajean con presentes con una dignidad de embajadores.

---

36 Nuakchott, hoy capital de Mauritania.
37 Alusión a su accidente aéreo en el desierto de Libia. (Notas del traductor).

El vagón-restaurante. De nuevo he atravesado, para llegar a él, todos los coches de los polacos. Están varados allí, de día. Y, ya, se ha apagado enteramente la verdad de la noche. Han recogido sus miembros, limpiado los mocos de los niños, arreglado sus viejas ropas. Miran el paisaje y bromean. Uno canta. Lo trágico se desvanece. Comprendo que se pueda vivir en paz al considerarlos tal y como son. No sabrían hacer con sus gordas manos, sino cavar.

No se plantean ningún problema, porque, amoldados a su suerte, parecen estar por su suerte.

Yo podría regocijarme al verlos sacar su comida de papeles grasientos y sentir un simple placer al ver pasar las campiñas. Me sentiría sosegado si me dijera que no hay problemas sociales.

Esos rostros están cerrados como bloques de piedra. Pero la magia nocturna me ha mostrado bajo la ganga, al niño Mozart que dormía.

El vagón restaurante corta a través de llanuras y bosques. Ya empiezan a aparecer las tierras pobres a las que se agarran escasos bosques como a una piel de animal gastada. El vagón-restaurante se hunde en el corazón de Alemania. Ahora es alemán. Los camareros desfilan con una cortesía fría de grandes señores. ¿Por qué, ya sean alemanes, polacos o rusos, tendrían, hasta el fin, ese aire de grandes señores?¿Por qué descubrimos cada vez que salimos de Francia, que en Francia había algo de relajado? ¿Por qué, en Francia, esa atmósfera algo vulgar de complacencia electoral? ¿Por qué los hombres se desinteresan de sus funciones, se desinteresan de lo social? ¿Por qué ese sueño? Son simbólicas, esas inauguraciones de provincia en la que algún ministro, a lo largo de un discurso que no ha escrito, frente a la estatua de algún oscuro tejemaneje que nunca conoció, vierte sobre él mil halagos de los que la gente ni él mismo piensan algo. Se juega a un juego que no compromete a nada, una especie de juego benevolente. ¡Se piensa en el banquete!

De pronto, fuera de las fronteras, se siente que los hombres entran en sus funciones. El camarero del vagón-restaurante, impecablemente vestido, sirve impecablemente. El ministro, si inaugura, toca puntos que enganchan a los hombres. Sus palabras alcanzan al corazón y la pesada armadura de la policía cubre la erección de la más mínima estatua a causa del fuego subterráneo. El juego atractivo compromete a algo.

Sí, pero en Francia esa dulzura de vivir, esa sensación de parentesco universal... Ese chofer de taxi que, por el efecto mismo de su familiaridad, le acepta en su intimidad; esa obsequiosidad de los camareros de café de la calle Royale, que conocen a medio París y todos sus secretos, que pagan por usted los teléfonos más íntimos y, si es necesario, prestan cien francos, quienes cuando aparecen los primeros brotes se vuelven hacia sus viejos clientes para que se regocijen de la buena nueva y le anuncian:

"¡Esta vez, es la primavera!".

Todo es contradictorio. Lo trágico es hacer una elección o descubrir hacia donde va la vida. Lo sueño escuchando al alemán que de enfrente que me habla: "Francia y Alemania unidas serían las dueñas del mundo". ¿Por qué los franceses temen a Hitler que es una barrera contra Rusia? No ha hecho más que devolver al pueblo de aquí sus cualidades de pueblo libre. Él es de aquellos que construyen y dejan en las ciudades avenidas rectilíneas que llevan su nombre. Él representa el orden".

Pero en la mesa de al lado, los españoles que van a Rusia como yo, se entusiasman. Los oigo hablar de Stalin. Y del plan quinquenal. Y de todo lo que allí se desarrolla... ¡Cómo ha cambiado el paisaje! Una vez franqueada la frontera de Francia, ya nadie se interesa por la primavera, pero se preocupa quizá más por el destino del hombre.

¡Moscú! Pero, ¿dónde está la revolución?

A media hora de la frontera rusa, nuestro rápido ha ralentizado. Su impulso se muere como él mismo. He cerrado mis maletas porque cambiamos de convoy, y sueño, con la frente apoyada en la ventanilla del pasillo. No habré conocido Polonia más que por ese aire mezclado de arena y de pinos negros. Llevaré conmigo el recuerdo de una ribera un poco amarga.

Mientras más se sube hacia el norte, la luz más colorea. Bajo los trópicos es clara, pero no pinta. Hay luz, y bajo la luz objetos negros. El mismo cielo es negro. Aquí, ya, los objetos se animan y relucen. Esta tarde se alumbra en los pinos una fiesta silenciosa y helada, porque ese árbol triste toma mejor la luz, al igual que los incendios van como el viento. Me acuerdo de mis bosques de las Landas que no se quemaban, pero que alzaban el vuelo.

El tren se vara suavemente a lo largo del muelle...

¡Aquí se aborda Rusia! Niegoleroy[38].

¿Qué prevención me ha inducido a buscar signos de deterioro? Esta sala de la aduana pudo haber servido para sala de fiestas. Amplia, aireada, dorada. El ambigú de la estación es aún más inesperado. Una orquesta cíngara toca en sordina entre las plantas verdes, para los que cenan en mesitas pequeñas. Yo reajusto mal la realidad de mi espera y me vuelvo desconfiado. Esto está hecho para los extranjeros. Sí, quizá. Pero la aduana de Bellegarde también, y la aduana de Bellegarde se parece al patio de la Consigna.

Sí, quiero imaginar que me engañan, pero como de momento no soy un juez, sino un simple extranjero al que le registran los equipajes, no puedo lamentarme que sean registrados limpiamente. Sin embargo, mi vecino, da muestras de malhumor.

"Está usted en su casa, es exacto, no puedo impedir que manche mi ropa interior...".

El aduanero lo mira y continúa su búsqueda con indiferencia. Con tal indiferencia que ni siquiera agrava el examen. Deja de mostrar su poder. Y por eso lo siento respaldado por ciento sesenta millones de hombres. Por la extensión de Rusia, lo siento fuerte. Y mi vecino se pierde en esa indiferencia. Su cólera se desvanece pronto al igual que un ejército recibido con silencio y por la nieve. Y se calla.

Ahora, instalado en el tren de Moscú, intento leer el paisaje en la noche. He aquí el paisaje del que no se

---

38 Puesto fronterizo de la URSS no identificado debido al cambio frecuente de nombres de ciudades y pueblos en Rusia. (Nota del traductor).

puede hablar sin levantar pasiones. Así pues, a causa de esas pasiones y aunque la URSS esté tan cerca de nosotros, de ella no sabemos nada. Se conoce mejor China, se sabe de qué punto de vista juzgar a China. Uno no se contradice sobre China. Pero, si se quiere juzgar la URSS, se pasa, según el punto de vista, de la admiración a la hostilidad. Según que uno sitúe en primera fila la Creación del hombre o el respeto del individuo.

Sin embargo, aún no me han planteado ningún problema. Y ha sido un aduanero amable quien me ha abierto este país. Es una orquesta de cíngaros. Y es, en el vagón-restaurante, el del más adiestrado, más auténtico de los *Maître* de hotel.

Es de mañana, y la ligera fiebre de la llegada ya reina en el vagón. La tierra que se desliza se carga ya de casas. Y esas casas se multiplican y se estrechan más. Un sistema de rutas se organiza y se centra. Algo se anuda en el paisaje. Es Moscú, instalado en el corazón de sus salpicaduras.

El tren gira y de golpe nos presenta la ciudad entera como un bloque. Y yo cuento por encima de Moscú setenta y un aviones que se entrenan.

Y de ese modo la primera imagen es la de una enorme colmena en plena vitalidad, bajo el enjambre de sus abejas.

Georges Kessel[39] está en la estación. Llama a un mozo y ese mundo empieza a desnudarse de sus fantasmas. Ese mozo se parece a todos los mozos de estación. Instala mis maletas en un taxi y yo miro a mi alrededor

---

39 Se trate de Georges Keseel, hermano del escritor Joseph Kessel muy cercano a Saint-Exupéry. Hombre brillante pero frágil, que muriera de sobredosis, en febrero de 1970. (Nota del traductor).

antes de subir. No veo más que una ancha plaza en la que sonoros camiones ruedan sobre un bello asfalto. Veo tranvías en rosario, como en Marsella, y apercibo, inesperada y provincial, a una vendedora ambulante de helados a la que rodean soldados y niños.

Así poco a poco descubro cuan ingenuo he sido al haber creído en cuentos. He seguido por una pista falsa. He esperado signos misteriosos que no se me podían dar. Y, como un niño, he buscado las trazas de una revolución en la actitud de un portero y en el ordenamiento de un escaparate. En dos horas de paseo se liquidan esas ilusiones. No es aquí donde hay que buscarlas. En el dominio público de la vida corriente, ya no me extrañaré de nada.

Ni de esas jovencitas que nos responderán: "No es conveniente que una muchacha joven vaya sola a un bar"; y aún: "En Moscú, se besa la mano, pero no se ve bien en todos los medios". No cuando amigos rusos anulen un almuerzo porque su cocinera le ha pedido ir a visitar a su madre doliente.

Descubro con mis propios errores cuanto se ha buscado para desfigurar la experiencia rusa. Hay que buscarla fuera de la URSS. Es afuera donde se descubre cuán profundamente ha sido elaborado este suelo y removido por la revolución. Sea lo que fuere siempre el pavor que espanta las calles y el director de fábrica que manda en la fábrica, y no el pañolero.

Y, si es necesario que espere un día o dos para descubrir Moscú, no he de extrañarme por ello. Moscú no podía revelarse en el muelle de una estación. Una ciudad no delega embajador a los viajeros. Sólo los presidentes de la República encuentran a una pequeña alsaciana, toda ella arreglada, disfrazada, sobre el muelle de llegada. Y los presidentes de la República abrazan a la pequeña alsaciana y descubren el alma de la ciudad. Y ellos no tienen inconveniente en regocijarse en un discurso inesperado, estrechando a la pequeña contra su corazón.

Crímenes y castigos en la justicia soviética

En el gabinete de ese juez, me parecía bien, que el juez abordase un punto de vista esencial. Lo aclarará volviendo a tomar una palabra que yo acababa de pronunciar;

—No se tratar de castigar, dijo, sino de corregir.

Hablaba con una voz tan dulce que me tenía que inclinar para oírle, y amasaba con las manos con precaución un barro invisible. Mirando lejos a través de mí, repitió:

—Hay que corregir.

Yo pensaba, he aquí a un hombre que ignora la cólera. No obsequia a sus semejantes la consideración de que existen. Para él constituyen una buena pasta de modelar, y este juez no es más sensible a la ternura que a la cólera. Se puede prever la obra a través del barro y experimentar por él un gran amor, pero la ternura no puede nacer más que del respeto a las individualidades. La ternura hace su nido en las pequeñas hiedras. Si se pierde a un amigo, quizá sean sus defectos lo que lloramos.

Ese juez no se permite juzgar. Se parece a un médico al que nada escandaliza. Si puede cura, pero como ante todo sirve a lo social, si no puede curar, fusila. Y el tartamudeo del condenado o la mueca de sus labios, o el reuma que le hace humildemente cercano de nosotros, nunca compra su gracia.

Ya adivino que ahí hay un gran gesto irrespetuoso para el hombre, para el que se perpetúa a través de los individuos del que se trata de edificar la grandeza.

Culpable, pensé, aquí no significa nada.

Comprendo ahora por qué el código ruso, si da tanta importancia a la pena de muerte, no concibe el castigo cuya duración sobrepase muchos años y autorice todas las deducciones de esa pena. Si el disidente debe adherirse a la causa, lo hará antes de diez años. ¿Por qué prolongar un castigo que ya no tiene objeto? El jefe árabe, si cambia de ley, es tratado de igual a igual. Alusión "poco clara". El concepto de castigo en la Unión Soviética no tiene sentido.

En Francia se dice que un condenado ha pagado su deuda. Y cada año de expiación salda una cuenta invisible. Dicha cuenta puede incluso ser insolvente. Se rehúsa al condenado el derecho de volver a ser hombre. Y el presidiario de cincuenta años todavía paga por el muchacho de veinte años que un día de cólera ha matado.

Mi juez continúa en una especie de ensueño:

—Si se trata de asustar, si los crímenes de derecho común se multiplican, se trata de detener una epidemia, entonces es cuando castigamos más fuerte. Cuando un ejército se desagrega, se dan ejemplos y se fusila. Aquel que hubiese sido condenado quince días a menos de tres años de trabajos forzados, paga con su vida el magro botín de un robo. Hemos bloqueado la epidemia y hemos salvado a hombres. Lo que nos parece inmoral, no es el hecho de castigar con brutalidad en caso de peligro social, sino, si hemos hecho un prisionero, encarcelarlo en una palabra. Es actuar como si el asesino fuese un asesino en su esencia y para toda la vida, como un negro es un negro. El asesino no es más que un hombre asesinado. Las manos del juez seguían modelando una pasta invisible.

–Corregir, corregir, dice, con ello hemos obtenido grandes aciertos.

Voy a intentar de trasponer su punto de vista. Imagino a un *gangster* o a un chulo y su medio, con sus leyes, su moral, sus abnegaciones, sus crueldades. Admito que un hombre formado en esa escuela no se pueda convertir en un pastor. Echará en falta la aventura, la emboscada y la noche. Le faltará incluso el ejercicio de sus facultades que su existencia ha podido desarrollar en él. La decisión, la valentía, tal vez el espíritu de dominio. Se sentirá disminuido a pesar de todos los discursos sobre las ventajas de la virtud. La vida marca. Las chicas incluso quedan marcadas por su oficio y nunca se dejan convertir, porque ellas tiene poco que sufrir de la espera enervante y amarga, del gusto triste y helado del alba, incluso del miedo y del creciente lunar tan amistoso de las cinco de la madrugada, hora en que se hace la paz con los agentes, con la ciudad rebelde, donde la red entera de las amenazas de la noche se desata. ¿Quién dirá del gusto de la miseria? La paz no tentará ni a los unos ni a los otros, porque han sido formados por la guerra. La paz de la conciencia tampoco. Pero he aquí el milagro. Esos ladrones, esos chulos, esos asesinos, son retirados del presidio como de un depósito y se los despacha, bajo la autoridad de algunos fusiles, para cavar el canal que unirá el mar Blanco con el mar Báltico[40]. Allí encontraron la aventura, ¡y qué aventura!

Ahí están encargados de trazar, como labradores gigantes, de un mar a otro, un surco profundo como un barranco, un surco a la escala de los navíos. Oponer a los terrenos que se desprenden andamios de catedral y levantar contra los flancos talado de bosques enteros de maderos que crujen como paja bajo las expansiones subterráneas.

Cuando llega la noche, se retiran al campamento bajo el punto de mira de las carabinas.

Y el espesor del cansancio expande un silencio de muerte sobre ese pueblo que campea en la proa de su obra, frente a tierras sin encentar aún. Y poco a poco se sienten presos del juego. Viven entre ellos en equipos y dirigidos por sus ingenieros, sus capataces, porque en un presidio se encuentra de todo. Gobernados por esos mismos que cómo mejor imponer su dominación natural.

"Los fundamentos de la justicia, se los reconozco, señor juez. Pero la perpetua conquista, la vigilancia, el pasaporte interior, el avasallamiento al colectivo, he ahí lo que nos parece intolerable, señor juez".

Y sin embargo ya creo también comprender. Aquí han fundado una sociedad y ahora exigen que los hombres no solamente respeten sus leyes, sino que las vivan.

---

40 En 1929 el Consejo de Comisarios del Pueblo, reemplazó el encarcelamiento por trabajos forzados. Un gran número de campesinos (koulaks) fueron liquidados como clase y purgaron su pena en inmensas obras públicas. Así se hizo también el canal Stalin, entre el lago Ónega y el mar Blanco. (Nota del traductor).

Exigen que los hombres se organicen en cuerpo social, no sólo en apariencia, sino en su corazón. Únicamente entonces se relajarán las disciplinas. He aquí una bonita historia que me ha contado un amigo. Ella iluminará un poco el problema.

Habiendo perdido el tren, se instalaba para pasar la tarde en la sala de espera de cualquier pueblito. Vio paquetes de ropas y cien objetos inesperados, como samovares[41], que creyó que eran de los viajeros. Pero, al caer la noche, vio entrar en la sala de espera, uno a uno, a los propietarios de esas ropas. Volvían a paso lento tranquilos, de sus ocupaciones familiares. Habían hecho sus compras pasando delante de las tiendas y se preocuparon en cocer sus legumbres. La atmósfera era la atmósfera confiada de una vieja pensión familiar. Se cantaba, se limpiaban las narices de los niños. Mi amigo se informó acerca del jefe de estación.

—¿Qué hacen aquí?

—Esperan al jefe de estación.

—¿Esperan qué?

—La autorización de marchar.

—¿De marchar dónde?

—De marchar, de tomar el tren.

El jefe de estación no estaba sorprendido, querían simplemente marcharse. Hacia dónde. Para cumplir su destino. Para descubrir nuevas estrellas, éstas de aquí les parecen gastadas.

Mi amigo primero admiró su paciencia: dos horas de sala de espera le parecía ya intolerable, tres días lo hubiesen vuelto loco. Pero en la sala se cantaba bajito, y

---

41 Samovar, en ruso, especie de hervidor de agua con chimenea central interior y brasa en la base. (Nota del traductor).

se inclinaban en paz sobre el samovar; entonces vino el jefe de estación y se informó:

—Y ¿desde cuándo esperan?

El jefe de estación se levantó la gorra, se rascó la frente y liberó el fruto de sus cálculos:

—Hará unos cinco o seis años.

Una parte del pueblo ruso tiene alma de nómada. No se aferra a sus casas, está obsesionado por ese viejo deseo asiático de ponerse en marcha, en caravana, bajo las estrellas. Esa gente se ha marchado siempre a la búsqueda de algo. De Dios, de la verdad, del porvenir. Las casas de los hombres los clavan fuertemente al suelo; y ellos se liberan de buena gana en otro lugar.

¿Cómo concebir ese despego cuando se viene de Francia, donde la casita que hila su humo dulce como la lana, en un rincón de la campiña, deviene un polo tan imperioso? Donde el auxiliar de justicia que expulsa se torna en un polo tan imperioso. Un auxiliar de justicia que expulsa ataca a la misma carne, arranca mil lazos tiernos en lo invisible. En modo alguno se imagina uno en Francia a los pueblos del Norte acampados en las estaciones y ebrios de la llamada de la Provence. Los del Norte gustan de la bruma familiar. Pero aquí...

Aquí gustan del vasto mundo. Quizá habitan al borde de su sueño. Hay que enseñarles la tierra. Hay que enseñarles lo concreto. Y el régimen lucha contra esos eternos peregrinos. Contra la llamada interior de aquellos que han apercibido una estrella. Hay que impedirles que se pongan en marcha hacia el norte, hacia el sur, al azar de mareas invisibles. Hay que impedirles que se pongan en marcha, una vez acabada la revolución, hacia cual otro nuevo régimen social. ¿No es el país donde las estrellas alumbran incendios?

Entonces se construye casas para tentar a los caravaneros. No se alquilan apartamentos, sino que se los venden. Se instituye el pasaporte interior[42]. Y aquellos que levantan demasiado los ojos hacia los peligrosos signos del cielo, se les envía a Siberia, donde los inviernos de sesenta grados de frío pasan como laminadoras.

Y de ese modo se crea el hombre nuevo, estable, amoroso de su fábrica y de su grupo humano, como sabe serlo de su jardín un jardinero de Francia.

---

42 En 1932, se instituyó en Rusia el "pasaporte interior" que obligaba a todo trabajador a entregárselo a su empleador, para con ello, limitar la inestabilidad de la mano de obra. (Nota del traductor).

El trágico fin del "Maxim-Gorki"

El *Maxim-Gorki*, el avión más grande del mundo se ha reventado. Se preparaba para aterrizar ante la línea de bajada cuando un avión de caza lo ha reventado a más de cuatrocientos kilómetros por hora.

Unos dicen que percutió con el ala y otros que el motor central, y todos lo vieron abatirse, fulminado. Alas, motores y fuselaje se dividieron en una ramificación negra con una suerte de lentitud. La velocidad de caída, parecía mesurada. Los espectadores tuvieron la impresión de asistir a un resbalón vertiginoso o a un naufragio casi solemne de un navío torpedeado.

El aparato pesando cuarenta y dos toneladas se abatió sobre una casa de madera que fue aplastada e incendiada y cuyos habitantes perecieron. Once hombres de la tripulación, de los que el gran piloto Jouroff, y treinta y cinco pasajeros perecieron también.

Esta catástrofe aérea hizo cuarenta y ocho víctimas. El *Maxim-Gorki*, orgullo de la flota aérea rusa, tenía sesenta y tres metros de envergadura, treinta y dos metros de largo. Sus ocho motores, de los que seis estaban situados en las alas, tenían una potencia de siete mil caballos. La velocidad de crucero era de doscientos kilómetros/hora.

Transportaba en el cielo a un gigantesco altavoz y su voz descendida de las nubes para los que en el suelo la escuchaban, cubría el rugido de sus ocho motores.

La víspera del accidente, volé a bordo del *Maxim-Gorki*, era el primer extranjero admitido a tal honor. Era el último. Me hicieron esperar la autorización necesaria bastante tiempo, y por la tarde, cuando ya no lo esperaba, me llegó. Me instalé en el salón en el extremo delantero del aparato y desde allí asistí al despegue. La máquina se estremecía con potencia, y sentí a ese monumento tomar enseguida en el aire su sustento de cuarenta y dos toneladas y quedé sorprendido por la soltura del despegue.

Mientras que virábamos en redondo en la dirección de Moscú, me fui a pasear. Pude hablar de paseo puesto que visitaba en vuelo once compartimentos principales cuyo enlace estaba asegurado por una red de teléfonos automáticos; un sistema de tubos neumáticos duplicaba aún el teléfono para asegurar la transmisión de las órdenes escritas. Las dimensiones del aparato parecían tanto más gigantes que las cabinas estaban distribuidas en la espesura de las alas. Me aventuré en un pasillo central del ala izquierda y abrí una de las puertas que daban a él. Unas eran cabinas, otras verdaderas cámaras de las máquinas en que cada motor estaba alojado separadamente. Un ingeniero se unió a mí y me hizo visitar la central eléctrica. Además de la radio, el altavoz y los dispositivos de arranque, alimentaba de corriente las ochenta fuentes de luz del avión con una potencia total de doce mil vatios.

Después de un cuarto de hora visitando esa máquina, en la que estuve tan hundido como en el vientre de un torpedero, no había vuelto a ver la luz del día.

Me bañaba en una inagotable y pesada vibración de los motores. Me cruzaba con telefonistas, apercibía las camas en las cabinas, me encontraba con mecánicos en monos azules. Mi sorpresa fue completa cuando descubrí, bien aislada en su despacho, una joven mecanógrafa que trabajaba.

Volví hacia la luz. Moscú giraba lentamente bajo el avión. El comandante de a bordo, instalado en un rincón del salón, telefoneaba no sé qué órdenes a los pilotos. La radio le transmitía mensajes por tubos neumáticos, y ello daba la impresión de sociedad compleja, de vidas organizadas que yo nunca he vivido en vuelo.

Me arrellané en una butaca y cerré los ojos. A través del respaldo de mi sillón recibía el masaje de los ocho motores. Sentí chorrear en mí, desde los pies a la cabeza, esta vida ardiente. Volvía a ver esa central eléctrica suministrar la luz y me acordaba de las cámaras-motores ardientes como cámara de calefacción. Abrí de nuevo los ojos.

El gran vano del salón derramaba una claridad azul, y yo asistía como del balcón de un lujoso hotel, la lejana vista de la tierra. Esta unidad de la mitad del avión, en que el puesto de pilotaje, los instrumentos de bordo y la cabina de los pasajeros forman sólo uno, aquí estaba ya rota. Se pasaba del dominio del aparato al del ocio, del ensueño.

Al día siguiente el *Maxim-Gorki* dejó de existir. Y su pérdida fue considerada aquí como una suerte especial de duelo nacional. Además de la muerte del piloto Jourov y de los diez miembros de la tripulación, los mejores de entre los mejores, además de las de treinta y cinco pasajeros, tres obreros de la fábrica Tfagi, que habían sido seleccionados para participar en ese vuelo como recompensa a su trabajo, la URSS pierde la mejor prueba que poseía de su joven industria.

Pero algo parece calmar un poco a los profesionales de los que he hablado. Y es una absurda fatalidad que, ella sola, ha fulminado al gigante. El drama no es debido ni a los errores de los ingenieros en sus cálculos, ni a la inexperiencia de los obreros en su trabajo, ni a alguna falta de los tripulantes. En la encrucijada sangrante de su apacible ruta, el *Maxim-Gorki* ha sido golpeado por encontrarse en la trayectoria, tendida como una trayectoria de tiro, de un avión de caza ciego.

Una extraña velada con *Mademoiselle Xavier* y diez viejitas algo ebrias que lloraban sus veinte años

Verifico el número treinta y me paro frente a una grande y triste casa. Apercibo detrás del porche una serie de patios y de edificios. La entrada de la Salitrería no es menos triste. De hecho se trata de un termitero que forma parte del Moscú que se muere. Lo derruirán un día y sobre los cimientos edificarán casas altas y blancas.

Pero Moscú, en algunos años, ha aumentado en cerca de tres millones el número de sus habitantes. Se han amontonado, a falta de algo mejor, en inmuebles cuyos apartamentos han sido divididos a la espera de que se acaben nuevos edificios donde se alojarán.

El mecanismo es simple. El grupo de los profesores de historia, por ejemplo o el grupo de los ebanistas funda su cooperativa. El gobierno anticipa el dinero que será reembolsado en mensualidades. La cooperativa pasa pedido de su inmueble a la empresa de construcción del Estado. Cada cual ya ha retenido su apartamento, escogido su pintura, discutido los detalles de las disposiciones. A partir de entonces, cada cual aguarda con paciencia en la triste casa amueblada, en esa antecámara de la vida, porque ella es sólo provisional.

Ya emerge de la tierra el inmueble nuevo.

Y ellos esperan como a menudo han esperado, en las chabolas de los países nuevos, los constructores.

Ya conozco los apartamentos de hoy donde la vida íntima vuelve a tomar sus colores. Pero yo desearía juzgar por mí mismo los vestigios, aún numerosos, de los días sombríos. Por eso me colaba como una sombra a lo largo y a lo ancho, enfrente del número treinta. En vano creía en esos guardias que siguen paso a paso a los extranjeros. Creía verlos establecer una lista entre los secretos de la URSS y yo. Pero franqueé el porche sin recibir misteriosas advertencias. Mi paseo no interesaba a nadie. Cuando estaba en el hormiguero, abordé al primero que llegó para saber dónde se alojaba un personaje del que yo había cuidadosamente anotado el nombre y deseaba sorprender a pesar que él ignoraba hasta mi existencia.

—¿Dónde vive la señorita Xavier?

La primera que llegó era una esplendorosa comadre que enseguida se agarró de simpatía por mí. Una oleada de palabras siguió a la que nada comprendí. Yo no sé ruso. Ella respondió a mi tímida observación con una infinidad de explicaciones suplementarias. Yo no osaba herir con mi huída a una persona tan amable, de modo que tocándome la oreja le quise significar que no comprendía nada. Entonces ella creyó que yo era sordo y repitió sus explicaciones gritando dos veces más fuerte.

Quedé reducido a apostar por la suerte, a tomar la primera escalera que encontré y llamé a la primera puerta. Me hicieron entrar en el apartamento. El hombre que me recibió me interrogó en ruso. Yo le respondí en francés. Él me examinó detenidamente, dio media vuelta y desapareció. Me quedé solo. Apercibía a mí alrededor mil objetos: una percha cargada de abrigos y gorras, un par de zapatos arriba de un armario y una tetera sobre una maleta. Oí los gritos de un niño, luego risas, y después un gramófono, y algunas puertas que se cerraban o se abrían en el vientre de la casa. Me quedé tan solo como un ladrón en un apartamento donde no conocía a nadie. En fin, el hombre volvió a aparecer. Estaba flanqueado por un ama de casa con delantal, secándose la manos en la que había nevado el jabón. Me interrogó en inglés; yo le respondí en francés. El uno y la otra parecieron tristes y de nuevo desaparecieron en el rellano. Yo oía el rumor de un conciliábulo que se agrandaba.

De vez en cuando, se entreabría la puerta y unos desconocidos me miraban atentamente con un aire de perplejidad. Sin duda tomaron una decisión y animó a toda la casa. Oí llamadas, una galopada, y la puerta se abrió de par en par. Un tercer personaje hizo su entrada y la coral, reunida detrás fundamentaba visiblemente grandes esperanzas sobre dicho personaje. Él se adelantó, se presentó y me habló en danés. Todos nosotros nos desalentamos.

Pero, en medio del desaliento general, yo soñaba en todos los esfuerzos que había intentado para introducirme desapercibido. La multitud de inquilinos y yo, nos mirábamos con melancolía, cuando me trajeron a un especialista de un cuarto lenguaje, la misma señorita Xavier. Era una vieja hada maltrecha y jorobada, delgada, encorvada, arrugada, el ojo avizor y que, sin comprender nada de mi visita, me rogó la siguiera a su casa.

Y toda esa buena gente, con el rostro alegre por haberme salvado, se dispersaron.

Ahora estoy en casa de la señorita Xavier y me siento algo emocionado. Así son trescientas francesas de sesenta a setenta años, perdidas como ratones grises en una ciudad de cuatro millones de habitantes. Antiguas institutrices de jovencitas del antiguo régimen, ellas han experimentado la revolución. Tiempos extraños. El mundo antiguo se desplomaba sobre ellas como un templo, la revolución aplastaba los esfuerzos y dispersaba a los débiles a los cuatro rincones del mundo como los juguetes en una tormenta, pero ella no se codeaba con las trescientas institutrices francesas. ¡Eran tan delgadas, tan reservadas, tan correctas! En la estela de sus bellas alumnas, ¡aprendieron muy pronto a hacerse invisibles! ellas les enseñaban las dulzuras de la lengua francesa, y esas bellas alumnas pronto cogieron al vuelo las más dulces palabras con las que tendían trampas a los guapos novios de la guardia. Las viejas institutrices no se explicaban por qué secreto poder escondían el estilo y la ortografía, no habiéndolas usado para el amor. Ellas enseñaban también los modales, la música y la danza, esos secretos que a ellas sólo les favorecía en la más ampulosa corrección que se convertía, en las jóvenes, alguna cosa viva y ligera. Y las viejas institutrices envejecían vestidas de negro, severas y discretas, presentes pero invisibles, como la virtud, la consigna y la buena educación. Y la revolución que cortó las flores radiantes ni siquiera rozó, al menos en Moscú, a esos ratones grises.

La señorita Xavier tiene setenta y dos años; la señorita Xavier llora. Yo soy el primer francés que, desde hace treinta años, se sienta en su casa. Repito, la señorita Xavier, dice: −"Si yo lo hubiese sabido… si hubiese sabido… hubiese arreglado una habitación." Y apercibo la puerta abierta y sueño con los extranjeros que viven también en el apartamento y que denunciarían doce veces nuestro conciliábulo. Todavía soy un romántico. La señorita Xavier pone a punto la leyenda:

−La puerta, me confía con orgullo, la he abierto adrede. ¡Recibo una tan bella visita! Todas mis vecinas estarán celosas.

Y abre su armario con gran estruendo, choque de vidrios. Sitúa la botella de *madeira*[43], pastas secas. Entrechoca los vasos. Sitúa la botella en la mesa. Es necesario que se oiga el estrépito de la orgía.

Ahora la escucho, que cuente. La he interrogado sobre la revolución, porque me intrigaba su punto de vista. ¿Qué es una revolución para un ratón gris? Y, ¿cómo subsistir cuando todo se derrumba en torno de sí?

"Una revolución, me confía mi huésped, una revolución es muy aburrida".

La señorita Xavier vivió de las lecciones de francés que daba a la hija de un cocinero a cambio de una comida.

Cada día, atravesaba Moscú en toda su amplitud. Para hacer un poco de dinero de bolsillo, vendía, durante el viaje, las figurillas que la gente antigua solicitaba que

---

43 (1). Madeira es el nombre dado a un vino dulce portugués. (Nota del traductor).

liquidase por algunos céntimos. Barras de labios, guantes, prismáticos de teatro.

—No era igual, me dice la señorita Xavier, era la especulación.

Me contó el día más sombrío de la Guerra Civil. ¡Corbatas ese día...! Pero la señorita Xavier no ha visto ni soldados, ni ametralladoras, ni muertos. Estaba muy ocupada en ganarse unos céntimos con las corbatas que, me decía, hacían furor.

¡Pobre vieja institutriz! La aventura social la había rehusado como la había rehusado la aventura amorosa. La aventura no quería saber nada de ella. Así, en los barcos piratas, se hallarían quizá algunas dulces viejas que no notaron nunca nada, sólo se preocupaban en zurcir las camisas de los corsarios.

No obstante, un día la cogieron en una redada y la encerraron en una sombría galería entre doscientos o trescientos sospechosos. "Los soldados en armas filtraban uno a uno a los prisioneros, me dijo, hacia el interrogatorio, y luego los dirigían hacia el sótano".

¡Pues bien! una vez más, la aventura, esa noche, tomó para ella la cara más bonachona. Acostada sobre unas tablas encima de unas cisternas negras donde uno se hundía en la eternidad, la señorita Xavier recibió para cenar un trozo de pan y unas garapiñadas. Las tres garapiñadas explicaban quizá de algún modo el desenlace de un pueblo. Me recuerdan a ese piano de caoba, ese ancho piano de recital que una amiga de la señorita Xavier por entonces vendió por tres francos. Pero esas garapiñadas evocan a pesar de todo el gusto por el juego de la infancia.

La señorita Xavier estaba tratada por la aventura cual si fuera una niña pequeña. Y sin embargo estaba roída por una grave preocupación. ¿A quién confiar el edredón que había comprado cuando la arrestaron? Dormía con él, y cuando la llamaron para interrogarla, no quiso deshacerse de él. Y así, apretando el inmenso edredón contra su minúscula persona, compareció ante sus jueces. Y los jueces no la tomaron tampoco demasiado en serio. La señorita Xavier conserva del interrogatorio recuerdos que respiran la indignación. Hombres rodeados de soldados ocuparon un asiento en una mesa grande de cocina: el presidente verificó sus papeles con una lasitud nacida de su noche blanca. Y ese hombre, a partir del cual se bifurcaba inexorablemente hacia la vida o hacia la muerte, ese hombre le preguntó con timidez, rascándose la oreja:

—Tengo una hija de veinte años, señorita, ¿querría usted darle lecciones?

Y la señorita Xavier, apretando el edredón contra su corazón, le respondió con una dignidad aplastante:

—Usted me ha arrestado. Júzgueme. Hablaremos mañana, si estoy viva, de su hija.

Y esa noche agregó, con un relámpago en los ojos:

—Ya no osaron mirarme: estaban tan avergonzados.

Yo respeto esas ilusiones tan adorables. Y me digo: el hombre no apercibe del mundo lo que ya lleva en sí. Hace falta cierta envergadura para afrontar lo patético y recibir su mensaje.

Recuerdo ese relato que me hizo la mujer de un amigo. Ella pudo refugiarse a bordo del último navío blanco que zarpó antes de la entrada de los rojos, en Sebastopol, quizá en Odessa.

El barquito estaba lleno a rebosar; toda sobrecarga lo hubiese hecho zozobrar y se divisaba ya lentamente con el muelle. El corte ya se había hecho, delgado aún, pero irreparable entre dos mundos. Presa en la multitud en la popa del navío, la joven miraba. Cosacos refluían vencidos, desde hace dos días, montañas hacia el mar, y ellos bajaban sin descanso. Pero ya no había más barcos. Llegados al muelle, saltaban a tierra, degollando su caballo, quitándose su *dolman*[44] y de sus armas; luego se zambullían para ganar nadando la salvación a bordo del barquito, tan cerca aún.

Pero en la popa, armados con carabinas, había hombres encargados de impedirles subir, hacían reventar en el mar una estrella roja en el mar. El puerto pronto se llenó florido de estrellas. Pero los cosacos, incansablemente, con testarudez de pesadilla, surgían en el muelle, se apeaban del caballo, degollaban a la bestia y nadaban hasta la eclosión del signo rojo.

La señorita Xavier reunió esa noche a diez viejas francesas parecidas a ella, en el más hermoso de los diez alojamientos. Es un pequeño apartamento encantador que su propietaria ha pintado ella misma. Yo proveí el oporto, los vinos y los licores. Estamos todos un poco ebrios y cantamos viejas canciones. Su infancia se les subía a los ojos y ellas lloran y sus veinte años se les suben al corazón, ya ellas sólo me llaman "mi querido". ¡Soy algo así como un príncipe encantador, ebrio de gloria y de vodka, entre todas las pequeñas viejitas que me besan!

Un personaje infinitamente grave entra. Es un rival. Viene aquí cada tarde a tomar el té, hablar francés

---

44 Pequeña chaqueta de los húsares de la caballería ligera rusa. (Nota del traductor).

y comer pastelitos. Pero esta tarde se sienta al final de la mesa, austero y acrimonioso.

Las viejitas me lo quieren mostrar en todo su esplendor.

–Es un ruso, me dicen, ¿sabe usted lo que ha hecho?

No lo sé. Estoy pensando. El personaje toma el aire más modesto. Modesto e indulgente. Un aire modesto de gran señor. Y ellas lo rodean y lo acosan:

"Cuente a nuestro francés lo que ha hecho usted en 1906."

Mi personaje se distrae con la cadena de su reloj. Hace languidecer a las señoritas. Al fin cede, se torna hacia mí y deja caer negligentemente, pero separando bien las palabras:

–En 1906, yo jugaba a la ruleta en Mónaco.

Y hete ahí a las viejitas aplaudiendo triunfales.

Hacia la una de la madrugada, se hace necesario que yo me vaya. Me acompañan con gran pompa hasta el taxi. Tengo a una viejita en cada brazo, una viejita que camina de través. Hoy yo soy la dueña. La señorita Xavier se inclina más cerca de mi oreja:

–"Usted vendrá a verme antes que a las otras. Seré la primera, ¿verdad?"

La señorita Xavier, tendrá setenta y tres años. Recibirá su apartamento. Podrá comenzar a vivir...

9 788419 092366